Jack Vance

L'ÎLE AUX OISEAUX

Traduction de l'anglais (États-Unis)
par Patrick Dusoulier

Jack Vance chez Spatterlight

L'Autobiographie
Mon nom est Vance, Jack Vance (2017) *

Les Mystères
Déjà parus :
– 2016 –
L'homme en cage *
Les Îles de la mort *
Sombre Océan *
Drôles de gens *
– 2017 –
Un plat qui se mange froid
Charmants Voisins
&
Triple meurtre à Riverview *
Le Masque de chair *
Méchante Fille
Lily Street
L'Île aux Oiseaux *

* Première parution en français.

Jack Vance

L'Île aux Oiseaux

L'Île aux Oiseaux a été publié aux États-Unis
par Mystery House, New York, 1957,
sous le titre :
ISLE OF PERIL
© Jack Vance, 1957, 2002

© Spatterlight, 2017 pour la traduction française
Traduit par Patrick Dusoulier
Couverture réalisée par Howard Kistler
ISBN 978-1-61947-320-1

Amstelveen
Pays-Bas
www.jackvance.com

Avant-propos

Jack Vance a écrit onze romans policiers, qu'il appelait ses « mystères ». Cinq ont été publiés en français, mais six sont restés inédits à ce jour. J'ai décidé de remédier à cette regrettable situation, du moins en partie pour l'instant, en en traduisant les quatre publiés sous son nom (les deux autres sont parus sous des pseudonymes, Peter Held et Alan Wade). J'ai évidemment confié la diffusion de ces traductions à Spatterlight qui, sous la houlette éclairée de John Vance Jr. et de Koen Vyverman, a déjà publié l'œuvre intégrale de Vance en anglais, telle que restaurée par le Projet VIE en 2005.

J'espère que les lecteurs français les découvriront avec plaisir. Plus encore que l'intrigue policière, ces romans privilégient le cadre et l'atmosphère et présentent de merveilleuses galeries de personnages hauts en couleur... Au détour d'une phrase, d'un dialogue ou d'un type de personnage, les amateurs pourront reconnaître la patte du Grand Maître.

Patrick Dusoulier
La Bresse, 2016

Le temps a passé, et les quatre premiers « mystères » inédits en français ont été publiés en 2016. Voici donc maintenant le cinquième, *Le Masque de chair*, paru en 1957 chez Mystery House, New York, sous le titre *Take My Face* et le pseudonyme de Peter Held. Le Projet VIE l'a republié en 2002 sous le titre *The Flesh Mask*, celui que Jack Vance souhaitait. Il s'agit de son premier roman policier, qui a une histoire curieuse : Vance avait écrit en 1948 un roman intitulé *Cold Fish*, dont le manuscrit a été perdu. C'est en s'inspirant de ce roman qu'il a écrit celui que vous allez lire, où vous retrouverez en germe des éléments vanciens récurrents tels que le héros surmontant les coups du sort, l'injustice et la cupidité, ou encore le thème de la vengeance. Bonne lecture !

Patrick Dusoulier
Courbevoie, 2017

Voici l'aboutissement d'un projet qui me tenait tant à cœur, avec la parution du sixième et dernier roman policier de Vance jamais encore traduit en français. Il a été écrit vers 1947-1948, à la même époque que *Le Masque de chair*, et publié seulement en 1957 par Mystery House sous le titre *Isle of Peril* et sous le pseudonyme d'Alan Wade. Il a été republié plus tard sous le titre que souhaitait Vance, *Bird Isle*, et sous sa signature.

Ce roman se démarque de ses autres policiers, beaucoup plus noirs. Ici, il s'agit d'une comédie sur fond d'intrigue policière, fortement imprégnée d'humour à la P.G. Wodehouse, un auteur à qui Vance vouait une véritable vénération*.

Comme je le disais, c'est la conclusion d'un projet personnel, mais je tiens à remercier ici l'équipe qui a permis de le concrétiser : John Vance Jr. et Koen Vyverman, bien sûr, mais aussi Joel Anderson, notre maître compositeur et metteur en page, qui a su merveilleusement s'adapter aux contraintes particulières de la typographie française, et également notre artiste Howard Kistler, pour ses magnifiques couvertures.

Patrick Dusoulier
La Bresse, 2017

---

* Pour plus de détails, voir l'autobiographie *Mon nom est Vance*, Jack Vance, Spatterlight 2017.

CHAPITRE I

Les vagues miroitaient au soleil, et l'écume des rouleaux qui déferlaient sur la plage de l'Île aux Oiseaux était d'un blanc aveuglant. À l'horizon, la petite tache grise d'un paquebot se déplaçait lentement vers le sud, et la surface de l'océan était d'un bleu cobalt. Les vieilles planches grises de la terrasse de l'hôtel absorbaient le soleil, et le bois chaud dégageait une agréable odeur d'encens. De la plage remontaient des senteurs d'algues et d'eau salée, tandis que descendaient des collines des parfums de bruyère, de sauge, de verveine et de cèdre.

Coves s'étira en bâillant. Il jeta un coup d'œil approbateur à la façade de l'hôtel. Quelle importance si la peinture s'écaillait ? Quand les affaires iraient mieux, il appliquerait une nouvelle couche – ou peut-être pas : cela dépendrait de son humeur du moment. En attendant, cette vieille baraque avait vraiment une belle atmosphère.

La porte donnant sur le hall s'ouvrit et l'une des clientes régulières, Mrs Lukens, entra sur la terrasse en clopinant. C'était dans le fauteuil préféré de Mrs Lukens qu'il était installé. Ah, ma foi, songea Coves – juste un des petits inconvénients de gérer un hôtel de bord de mer. Il se prépara à se lever.

Rexie, le chat de l'hôtel, qui se prélassait au soleil, poussa un cri d'angoisse et Mrs Lukens tomba sur le vieux tapis élimé.

Coves se précipita pour l'aider à se relever et la guida vers un fauteuil.

— Mr Coves, dit-elle dans un souffle, j'ai bien peur que cet endroit n'aille à vau-l'eau. C'est un risque mortel de séjourner ici. Ce matin, je me suis pris le talon dans le tapis de l'escalier et j'ai failli dévaler les marches. Et je me pince la main chaque fois que je tourne le robinet d'eau chaude… et il n'y a jamais d'eau chaude…

— Je vais m'en occuper toutes affaires cessantes…

— … et ce chat qui traîne partout, si bien que c'est une épreuve permanente de se déplacer…

Mrs Lukens se tut, et Coves se rendit derrière son comptoir dans le hall plongé dans la pénombre.

La brume d'après-midi venue de l'océan voilait le soleil. Coves examina le hall de réception. Miteux. Meubles branlants. S'il conservait encore quelques clients, c'était uniquement à cause de ses tarifs très bas. *Paisible atmosphère d'autrefois, pas de suppléments coûteux* – ainsi était rédigée la publicité qu'il faisait paraître deux fois par mois dans le *San Francisco Chronicle*.

Il eut soudain une vision de ce que cette publicité aurait dû être : *Gaieté, rires, romance, dans une atmosphère de luxe somptueux ! Aménagements raffinés, cuisine continentale, la station balnéaire la plus recherchée à l'est de Biarritz ! Offrez-vous des vacances de rêve dans le fascinant Hôtel de l'Île aux Oiseaux !*

En comparant cette vision à la réalité, Coves poussa un soupir. Comme un bon nombre de ses clients appartenaient à des sociétés de tempérance, il n'osait pas développer la vente de whisky. Et lorsque, d'aventure, des personnes jeunes et dynamiques atterrissaient ici, elles ne trouvaient absolument rien pour se distraire. Mrs Lukens, Mr Bates, Miss Throp et Mrs Arly réquisitionnaient le hall pour leur soirée de whist, et fronçaient les sourcils au moindre bruit incongru – particulièrement la musique de danse. C'était un cercle vicieux, songea Coves.

La porte s'ouvrit et Al Carper, le pilote de la vedette assurant la liaison avec Monterey, fit son entrée. Carper avait une grande carcasse grotesque et des yeux qui se rejoignaient presque au-dessus d'un formidable nez busqué.

— Hello, Coves, dit-il. On dirait que vous venez de perdre votre dernier ami.

Coves secoua la tête.

— Tenir un hôtel, Al, est terriblement éprouvant pour les nerfs. Quelquefois, je me dis que le jeu n'en vaut pas la chandelle.

— Ma foi, dit Carper en se choisissant un cure-dent, on a tous nos problèmes. J'ai le mien, et ce n'est pas de la tarte. Si vous trouvez que votre métier est difficile, essayez donc un peu de démarrer mon vieux moteur un matin par temps froid. Là, vous verrez ce que c'est d'en baver.

— Vous, vous n'avez pas besoin de plaire au public, dit Coves. Il y a un millier de choses auxquelles il faut penser, et l'argent manque tellement, en ce moment…

Carper jeta un coup d'œil autour de lui.

— C'est drôle que vous n'ayez pas plus de clients. Ici, c'est vraiment un bon endroit. Un bon climat, tous ces arbres et ces collines derrière vous, et en plus, c'est tout près de Monterey et de Carmel. Oui, c'est un coin idéal… Le meilleur endroit au monde pour la pêche en bord de plage.

Coves se frotta pensivement le menton.

— Je ne comprends pas pourquoi l'hôtel n'a pas plus de succès.

— Vous devriez le rénover à fond, dit Carper. L'agrandir, le moderniser.

— L'agrandir ? Comme vous y allez ! C'est tout juste si nous arrivons à payer les factures !

— Moi, dit Carper, je pense que vous avez toute une surface dont vous ne vous servez pas. C'est une propriété qui a de la valeur, cette île. Si vous en vendiez une petite partie, vous auriez de quoi entreprendre des travaux. Ajouter deux ailes, un bar, une piscine…

— Je ne crois pas que ce serait raisonnable, marmonna Coves.

Carper haussa les épaules.

— Comme tous les propriétaires terriens, vous êtes à la fois riche et pauvre. Imaginez, avec quelques milliers de dollars, vous pourriez vraiment faire quelque chose de cet endroit. Regardez le Del Monte. Il y a des grands orchestres qui y jouent tous les soirs, des gens de la haute qui dépensent sans compter. Des tas de gens seraient prêts à payer très cher pour avoir un bout de terrain ici.

Coves plissa les lèvres.

— Ah, ma foi…

— À part la dizaine d'hectares où la vieille Pickett a son école, vous possédez toute l'île. Pensez à ce qu'ils font sur le continent : ils divisent en tout petits lots, et ils en demandent cinq cents, mille dollars pour chaque.

— Eh bien, dit Coves, c'est totalement hors de question. Si je vendais, ce serait par lots beaucoup plus importants, pour éviter que l'île ne soit surpeuplée. Et naturellement, je demanderais un prix très élevé.

— Exactement, fit Carper, c'est comme ça qu'il faut s'y prendre. Saisissez l'occasion qui se présente, tirez-en le maximum !

Coves hocha la tête.

— Vous avez sans doute raison. Je paie tous ces impôts exorbitants, et la vie est devenue si chère aujourd'hui…

* * *

Coves leva le nez de son comptoir et vit approcher dans le hall un jeune homme à l'expression candide et dégagée, vêtu d'un pull bleu marine et d'un pantalon de treillis délavé. Son crâne était surmonté d'une masse de cheveux bruns en bataille.

— Je souhaiterais parler à Mr R.M. Coves, dit-il.

— Je suis Mr Coves.

— Je m'appelle Milo Green.

Ils se serrèrent la main.

— J'ai vu votre annonce dans le journal, et j'ai pensé venir me rendre compte sur place. Vue de la mer, l'île semble magnifique. Je suis arrivé en voilier ce matin.

— Vous êtes de San Francisco ?

— De l'autre côté de la baie, Sausalito.

— Un endroit très agréable, dit Coves.

— Je crois que je préférerais ici… Dites-moi, comment avez-vous l'intention de subdiviser ?

Coves fit une grimace.

— On peut difficilement parler de subdivision – même si, au fond, c'est un peu à cela que ça revient. Il y a une grande partie de l'île dont je ne me sers pas, et que j'aimerais voir dans des mains qualifiées.

Milo hocha la tête.

— Plus précisément, quelles sections sont à vendre ?

Coves s'éclaircit la gorge.

— Puis-je vous demander la nature de vos projets ?

— Je suis ce qu'on pourrait appeler un auteur – un écrivain –, et j'envisage la possibilité d'habiter l'Île aux Oiseaux.

— Je vois, dit Coves. Bien sûr, nous serions ravis de vous avoir sur l'île… Je suis naturellement très réticent à l'idée d'accepter quelqu'un qui pourrait en rabaisser le standing. Nous ne voulons que des voisins de classe supérieure, sur tous les plans.

— J'imagine que je suis de classe supérieure, dit Milo.

— Oh, j'en suis tout à fait certain, s'empressa de dire Coves.

— Qu'est-ce qui est à vendre, précisément, et quelle est la… hum, gamme de prix ?

Coves fouilla dans ses classeurs et livres de comptes.

— Voyons, j'ai ça quelque part… ah, la voilà. Voici une carte de l'Île aux Oiseaux. Miss Pickett occupe cette section colorée en rouge, avec son école, et la zone en bleue est nécessaire à l'hôtel. Au nord, il y a cette section notée « Un », et au sud, les sections Deux, Trois, Quatre et Cinq. La Section Un est le point culminant de l'île, qui surplombe la baie. C'est peut-être aussi la moins accessible des cinq. La Section Deux comprend une partie de la plage qui fait face au continent. C'est une plage très agréable, et vraiment beaucoup moins exposée que celle-ci, qui est soumise à la pleine force de l'océan. Et elle est aussi plus propre. J'ai un mal fou à maintenir la propreté de ma plage. Quelquefois, j'ai l'impression que nous récupérons tout le bois flottant et les ordures de Monterey Bay. Nous avons aussi beaucoup de flotteurs de filets japonais.

— Des flotteurs de filets japonais ?

Coves indiqua une étagère poussiéreuse sur laquelle étaient posées des boules en verre, dont le diamètre allait d'une dizaine de centimètres à près de trente.

— Ces flotteurs se détachent des filets des pêcheurs japonais et dérivent à travers l'océan Pacifique. Il n'y a pas d'autre plage à des milles à la ronde qui en récolte autant qu'ici, dans l'Île aux Oiseaux, conclut Coves avec fierté.

— Très intéressant, dit Milo. J'en avais déjà vu, mais je ne m'étais jamais rendu compte de ce que c'était.

Coves se pencha de nouveau sur la carte.

— Eh bien, les Sections Trois et Quatre sont très plaisantes, sur cette butte au nord qui fait face à Point Lobos. La Cinq comprend cette partie de colline, ces roches pittoresques et cette petite crique. Un site formidable pour un yachtsman.

Milo hocha la tête.

— Et les prix ?

Coves rougit.

— Ma foi, Mr Green – les prix sont élevés. Vous comprenez, je propose des terrains de grande qualité. Tout à fait extraordinaires, en fait… Bon, marmonna-t-il, la Section Un, cinq hectares, est à dix mille dollars. La Deux, cinq hectares, est à onze mille. La Trois, quatorze hectares, est à vingt-huit mille. La Quatre, neuf hectares, est à dix-huit mille dollars. Et la Cinq, douze hectares, est à vingt-quatre mille. Je tiens à être payé comptant, naturellement.

Milo fit signe qu'il comprenait fort bien.

— Vous possédez une propriété que vous voulez vendre, et vous en avez fixé le prix. Si quelqu'un en a suffisamment envie pour payer ce prix, vous la vendrez. Sinon, vous ne la vendrez pas, et sans rancune de part et d'autre.

— C'est exactement ça, dit Coves. C'est tout à fait le principe.

— Si vous voulez bien me prêter votre carte, dit Milo, j'aimerais faire le tour de l'île, et je pourrai ainsi me faire une meilleure idée de ce qu'il y a dans chaque section.

— Certainement, dit Coves. Vous souhaiteriez peut-être que je vous accompagne ?

— Oh, non, dit Milo. Ne vous donnez pas cette peine. Je serai de retour d'ici une heure ou deux.

Il sortit du hall. Al Carper, qui pendant tout ce temps lisait son journal tranquillement installé dans un fauteuil, rejoignit Coves au comptoir.

— Il a l'air sympathique, dit Coves. J'espère qu'il trouvera une section qui lui plaise.

Carper se choisit un cure-dent.

— Ces écrivains, c'est des drôles de loustics. J'en ai vu un la semaine dernière, à Monterey. Il est passé avec un break rempli de femmes aux allures louches. Carmel en est rempli, vous savez.

Coves se pencha sur son livre de comptes.

— Mr Green m'a l'air de quelqu'un de très bien.

— Peut-être bien que oui, peut-être bien que non… dit Carper.

Chapitre II

Milo sortit de l'hôtel et commença à marcher le long de la plage, vers le nord. Le soleil de midi était chaud sur ses épaules. L'océan était parfaitement calme, avec une surface qui évoquait un beau tissu de satin bleu. Des coquillages brillaient à ses pieds, et des mouettes tournoyaient dans le ciel.

Sur sa droite, une coulée de sable compact bordait la plage. Un peu plus loin, derrière une terrasse herbeuse, s'élevait l'arête centrale de l'île : des collines rocheuses couvertes de bruyères, d'ajoncs, de genêts, de coquelicots, de lupins, de ficoïdes et de grindélias. Par bosquets sur les pentes et en file indienne sur les crêtes poussaient des cyprès de Monterey – agitant leur maigre feuillage vert foncé comme des drapeaux, défiant le vent, l'océan, la montagne et le soleil.

Un groupe de rochers déchiquetés émergeaient de la plage, et c'était là que se terminait la section que Coves avait réservée à l'hôtel. Au-dessus s'élevait la Section Un, presque une butte rocheuse, reliée à la partie centrale de l'île par une crête en selle de cheval.

Milo tourna vers l'intérieur, en escaladant des rochers qui étaient à la fois chauds et frais. Il continua ainsi de monter jusqu'à ce qu'il atteigne le sommet de la butte. L'île s'étendait à ses pieds. Il regarda vers l'ouest, à travers le Pacifique – des milles et des milles d'eaux calmes et d'un bleu plus foncé que celui du ciel.

Il se retourna et regarda le continent au-delà de la baie. À sa gauche s'élevaient les Monts de Santa Cruz, et à sa droite, l'avancée de Point Lobos et la chaîne de Santa Lucia. À trois kilomètres à l'est se trouvait Monterey, avec ses maisons blanches, jaunes, bleues et vertes, ses pontons et ses entrepôts marron et noirs, et son port plein de bateaux.

Milo se tourna de nouveau vers l'île et regarda le long de la plage blanche de Coves, au-delà du bloc gris de l'hôtel, jusqu'au cap rocheux au sud. Il jeta un coup d'œil de l'autre côté, à l'*Académie des Beaux-arts et Pensionnat pour jeune filles de bonne famille* de Miss Pickett – un grand bâtiment de pierre, de brique et de bois rouge sur une vaste étendue d'herbe très verte. Une allée de gravier descendait jusqu'à un élégant ponton en pierre, et il y avait deux courts de tennis bien entretenus à l'arrière. L'école dégageait un air de prospérité.

Milo consulta la carte et suivit du doigt les contours des autres sections : la Deux, juste au-delà de l'école ; la Trois et la Quatre divisant une colline basse, une large portion de terrain surélevée et ensoleillée ; la Cinq, sur le cap à la pointe sud de l'île.

Milo s'assit sur un rocher… Dix mille dollars. Ce n'était pas une petite somme. Pour ce prix-là, il pourrait s'acheter une grande maison à San Francisco, un chalet à Lake Tahoe, un ranch dans le désert, un verger de pruniers du côté de Santa Clara, une exploitation de volailles à Petaluma…

Il se leva et contempla l'océan et les rouleaux qui se brisaient sur les rochers en contrebas.

— L'argent, ça va, ça vient… murmura-t-il.

Il redescendit le flanc de la colline.

Alors qu'il tournait à l'angle de l'hôtel, il trouva Coves en train d'arroser une rangée de géraniums en pots.

Coves reposa son arrosoir et se tourna vers Milo.

— Alors, l'île vous a plu ?

— Beaucoup. J'aime particulièrement la Section Un.

Coves hocha la tête.

— Une vue magnifique. (Il s'essuya les mains avec un mouchoir.) Avez-vous – hem, considérez-vous le prix disproportionné ?

Milo réfléchit.

— Certaines personnes seraient peut-être prêtes à payer le double du prix que vous demandez.

— Oh, non, dit Coves précipitamment. Je serai très heureux d'en obtenir dix mille.

— Très bien, fit Milo. Les voici.

Et il donna à Coves dix billets de mille dollars.

* * *

— Allô ? Ici l'Hôtel de l'Île aux Oiseaux.

— Mr Coves, c'est Miss Pickett à l'appareil.

— Ah oui, Miss Pickett. Comment allez-vous ?

— Très bien, je vous remercie. Mr Coves, j'entends dire que vous mettez votre propriété en vente. J'espère que ce n'est pas vrai ?

Coves s'éclaircit la gorge.

— Pas *toute* ma propriété… Uniquement les parties de l'île dont nous n'avons pas besoin à l'hôtel.

— J'aurais pensé que vous m'auriez tout d'abord consultée, Mr Coves. Après tout, je suis la personne la plus directement affectée. Dieu sait le genre d'individus qui vont pulluler sur l'île. J'ai déjà assez de problèmes comme ça.

Coves savait que le ponton de Miss Pickett était tout à la fois l'objectif favori des jeunes yachtsmen de Pebble Beach, l'endroit préféré de ses jeunes pensionnaires pour prendre des bains de soleil, et l'objet de sa surveillance la plus attentive.

— Ma foi, Miss Pickett, je prends les plus grandes précautions qui soient concernant ces ventes, et quiconque ne serait pas parfaitement convenable ne sera pas pris en compte.

— Eh bien, dit Miss Pickett, je désapprouve fortement. Il y aura une dépréciation considérable de la valeur de ma propriété.

— Je ne vois pas pourquoi. Je vends strictement par lots d'une très grande superficie.

— Et si ces nouveaux propriétaires se mettent à subdiviser davantage ? répliqua sèchement Miss Pickett. Imaginez qu'ils le fassent tous ? Nous aurions une ville sur l'île…

— Oh, non ! fit Coves. Je mets dans les actes de vente une clause interdisant toute subdivision pour une période de quatre-vingt-dix-neuf ans.

— Hum… grommela Miss Pickett. (Et après un court silence :) J'imagine que mon opinion ne saurait vous influencer en aucune façon…

— Je serais ravi de vous vendre le tout, Miss Pickett. Cela résoudrait nos problèmes à tous les deux.

Un autre silence, tendu, puis elle demanda :

— Quel est votre prix ?

— Pour l'ensemble, dit Coves, j'espère obtenir quatre-vingt onze mille dollars.

— Quoi ? s'écria Miss Pickett. Mais voyons, Mr Coves, il m'est impossible de rassembler une telle somme. J'étais prête à vous proposer dix mille, mais votre prix est totalement déraisonnable.

— Je suis navré, dit Coves, très sincèrement, et si je n'avais pas autant besoin de cet argent, je serais heureux de vous vendre à ce prix. Mais dix mille dollars ne me seraient pas d'une grande utilité. Pour ce qui est des cinq hectares au sud de votre propriété, je les ai estimés à onze mille, et je vous les vendrai volontiers à ce prix.

— Je n'ai aucune peine à le croire, dit Miss Pickett avec indignation. Vos prix, Mr Coves, sont tout à fait… irréalistes.

Coves répliqua, avec une trace de vigueur :

— Je suis certain de pouvoir les obtenir, Miss Pickett.

Il y eut un silence chargé d'amertume. Miss Pickett finit par concéder :

— Ma foi, Mr Coves, si c'est votre prix, je n'ai guère le choix. Il est nécessaire que je fournisse la plus grande intimité possible à mon école. Je vais vous acheter ces cinq hectares.

— Merci, dit Coves.

— Dès que l'acte de vente sera prêt, faites-le-moi savoir et je vous donnerai un chèque.

Coves raccrocha, respira profondément et retourna à son comptoir. Un gentleman à l'air prospère l'y attendait – impeccablement habillé, rasé, poudré et pommadé. Il avait une chevelure noire luxuriante avec des tempes argentées, un beau visage avec tout juste un soupçon d'empâtement, des yeux d'un brun liquide qui ne demandaient qu'à être crus et à inspirer confiance. Il posa ses gants de pécari sur le comptoir et tendit sa blanche main.

— Je m'appelle Archer, Mr Coves – Mortimer Archer.

— Enchanté, dit Coves.

— Je crois comprendre, Mr Coves, que vous mettez en vente certaines parcelles de l'île.

— Oui, effectivement.

— Ma foi, j'ai pris la liberté de jeter un coup d'œil à votre île, et je dois dire que c'est un endroit magnifique. Idéal, en vérité.

— Hum… Puis-je vous demander la nature de votre intérêt ?

Mortimer Archer hocha la tête.

— Mr Coves, je suis un homme d'affaires à la retraite, et je fais de la photographie en amateur. Je cherche un endroit où je pourrai me construire une petite maison et me promener au grand air avec mon appareil en bandoulière, mener une existence placide, retirée et détendue.

— Il y a de magnifiques paysages, par ici, dit Coves. (Il fouilla sous le comptoir et en sortit la carte.) Je viens juste de vendre les Sections Un et Deux ce matin, mais ces trois autres – Trois, Quatre et Cinq – sont encore disponibles.

Archer prit une paire de lunettes en écaille dans sa poche et les ajusta sur son nez.

— Hum… Ah, oui, je vois. Quel est le prix de la Trois, Mr Coves ?

Coves toussota.

— Eh bien… il est de vingt-huit mille dollars.

Archer accusa le coup.

— Vous avez dit vingt-huit mille ?

— Heu, oui… Voyez-vous, il y a quatorze hectares, et une belle étendue de plage, et tous ces arbres et pas mal de terrain plat – quelques merveilleux sites de construction.

Les coins de la bouche d'Archer s'affaissèrent.

— Je suis sûr que ce prix n'est pas extravagant, reprit Coves sur la défensive.

Archer hésita. Il se caressa la moustache, regarda distraitement au loin… Avec des gestes presque réticents, il glissa la main dans la poche intérieure de sa veste et en sortit un portefeuille. Lentement, il compta cinq billets de vingt dollars qu'il posa sur le comptoir.

— Voici un dépôt de garantie de cent dollars, Mr Coves. Je vous remettrai un chèque certifié pour le reliquat dès que j'aurai eu confirmation de la validité du titre de propriété.

— Oui, bien sûr, dit Coves. C'est un titre parfaitement en règle délivré et garanti par l'État. Je vais vous faire un reçu.

Deux heures plus tard, le téléphone sonna.

— Hôtel de l'Île aux Oiseaux, dit Coves. Ah, hello, Al ! Que puis-je pour vous ?

— Coves, un parent à moi vient juste de débarquer de l'Alaska – une sorte de cousin éloigné, je dirais. Il aime bien la région, et il a dans l'idée de s'y acheter un terrain où il pourrait faire un peu de pêche et s'installer. Je lui ai parlé de l'Île aux Oiseaux, je l'ai amené ici avec la vedette, et ça lui plaît – surtout cette petite crique au sud au milieu des rochers. Elle est à combien, celle-là ?

— Vingt-quatre mille dollars, Al. Heu, ce cousin à vous, il est… heu, il est bien ? Je veux dire… enfin, vous savez…

— Oh, oui, bien sûr, le rassura aussitôt Al Carper. C'est le sel de la terre, comme on dit. Exactement le genre d'homme que vous recherchez. Et il vous paiera rubis sur l'ongle – en poudre d'or, si vous voulez.

— Oh, non, fit Coves, je préfère un chèque. J'ai déjà tellement d'argent liquide ici que je ne sais plus quoi en faire.

— Attendez deux secondes, dit Carper. Je vais demander à Ike si la crique l'intéresse à vingt-quatre mille. Il y a une dizaine d'hectares, c'est ça ?

— Douze, précisa Coves.

Il entendit un murmure de voix, puis Carper revint en ligne :

— Il est d'accord. On va faire faire un chèque certifié et on vous l'apportera aujourd'hui.

Chapitre III

Milo Green était un homme très aimable, et Miss Pickett une femme d'une vertu inaltérable et inébranlable. Mais certaines personnalités sont incompatibles, et ces deux-là n'étaient peut-être pas destinées à se lier d'amitié.

Le premier incident se produisit presque aussitôt. Milo était assis dans le hall du *Val d'Oro Inn*, à Monterey, où il avait pris une chambre après avoir conclu ses affaires avec Coves. En jetant un coup d'œil à travers la salle, il vit une très jolie fille vêtue de marron qui s'approchait du comptoir de réception.

Elle était très plaisante à regarder sur tous les plans : mince et souple, avec un teint hâlé, de grands yeux noirs solennels, des cheveux couleur de café turc. Elle portait une veste et une jupe marron avec des touches écarlates, et d'absurdes sandalettes en cuir couleur bronze.

Elle prit une clé que lui tendait l'employé, et un groom la conduisit à l'ascenseur. Milo traversa le hall pour se rendre au comptoir.

— Excusez-moi, dit-il au réceptionniste. Cette jeune femme qui vient de s'enregistrer… qui est-elle ?

L'expression de l'employé évoquait un petit coup de coude complice dans les côtes :

— Elle a inscrit sur le registre : « Miss Lydia Pickett et compagnie. »

— Qui est la « compagnie » ?

L'employé haussa les épaules.

— Elle ne s'est pas encore présentée.

Milo se frotta le menton.

— Elle a l'air un peu jeune – pour ce qu'elle est censée être.

— Est-ce que j'ai l'air d'un employé d'hôtel ? demanda l'employé.

Milo le regarda plus attentivement. C'était un homme en forme de poire, d'une quarantaine d'années, avec une fine moustache et de grandes dents brillantes.

— Ma foi, non… Je dirais plutôt un… un ingénieur des travaux publics.

L'employé se balança sur ses talons.

— Eh bien, voilà. Comme vous voyez, on ne peut pas se fier aux apparences.

En se retournant, Milo se cogna contre une grande femme anguleuse d'un âge indéterminé. Elle avait des yeux glacés, un nez et un menton comme l'extrémité d'une clé à molette.

Sous le choc, la femme laissa tomber son sac.

— Toutes mes excuses, dit Milo en se baissant pour le ramasser.

La femme fit de même, et les deux têtes se cognèrent.

— Humf… fit Milo. Pardonnez-moi.

La femme se redressa.

— Je vais le récupérer moi-même, merci bien.

— Comme vous voudrez, dit Milo.

Elle se baissa et prit son sac, dont le fermoir se défit : il en sortit une masse de lingerie rose, un long peigne et une brosse en ivoire. Une boîte étiquetée « Sulfate de Magnésium Extra Pur » répandit son contenu.

Milo se pencha en avant.

— Puis-je vous aider ?

— Vous m'aiderez, répondit la femme, en ne restant pas dans mes jambes.

Milo retourna s'asseoir près de la réception. Un groom accompagna la femme jusqu'à l'ascenseur.

Une demi-heure plus tard, la fille en marron descendit l'escalier et poussa la porte battante qui donnait sur la cafétéria.

Milo défroissa sa veste d'un coup sec, se passa la main dans les cheveux, et la suivit prestement.

La jeune fille s'était installée sur la banquette d'une alcôve et examinait le menu. Milo se glissa sur la banquette en face d'elle. Elle leva les yeux d'un air interrogateur.

— Je suis Milo Green, dit Milo. Un de vos voisins sur l'Île aux Oiseaux, à compter d'aujourd'hui.

Le regard poli, mais distant, de la jeune fille se fit un peu plus chaleureux.

— Quelle partie de l'île est à vous ?

— La Section Un, la colline au nord.

— Vous devez avoir une très belle vue.

— On peut voir à deux mille kilomètres dans toutes les directions.

— Un bon endroit pour installer un émetteur de télévision, dit-elle.

— Un endroit encore meilleur pour la maison que je vais faire construire.

La jeune fille hocha la tête.

— J'imagine que vous aurez de grandes baies vitrées ?

— Oui, c'est ça, des fenêtres partout. (Milo s'éclaircit la gorge.) Pardonnez-moi, vous avez dû l'entendre des centaines de fois, mais… n'êtes-vous pas un peu jeune pour ce que vous faites ?

— J'ai vingt ans. C'est trop jeune ?

— Non, c'est un bel âge. Mais je m'attendais à quelque chose de diffé-rent. Quelque chose comme la vieille chouette contre qui je me suis cogné tout à l'heure. Là, oui, c'était plutôt l'idée que je me fais d'une maîtresse d'école. Une tête de crocodile de mer, vilaine comme un pou. Vous auriez hurlé de rire quand elle a renversé tout le contenu de son sac par terre.

— Celia, fit une voix rauque par-dessus son épaule, si tu veux bien aller à une autre table, je t'y rejoindrai.

Milo tourna la tête. À travers un brouillard, il entendit la jeune fille dire :

— Ma tante, voici Mr Green. Il vient juste d'acheter une parcelle de l'Île aux Oiseaux. Mr Green, je vous présente ma tante, Miss Pickett.

Milo se leva gauchement.

— Prenez donc ma place, Miss Pickett. J'ai un coup de fil à donner…

— Au revoir, fit Celia d'une voix claire. À plus tard.

Milo entendit la voix de Miss Pickett :

— Il n'est pas question que tu le revoies. C'est un jeune rustre insolent…

Le reste de ses remarques fut étouffé par le battant de la porte qui se referma derrière lui.

Milo retourna au comptoir en essuyant ses mains moites. Il lança un regard vindicatif au réceptionniste, qui discutait avec un homme en costume de flanelle gris. Milo vit l'employé hocher la tête dans sa direction et le gentleman en flanelle grise se retourna.

— Mr Green ? Je m'appelle Archer, Mortimer Archer. Je crois comprendre que nous allons être voisins sur l'Île aux Oiseaux.

Milo se trouva fixé par deux yeux marron les plus clairs et les plus honnêtes qu'on puisse imaginer, dans un visage parfaitement rasé et talqué. C'était un visage empreint de dignité, de culture et de sympathie compréhensive.

— Enchanté de faire votre connaissance, dit Milo. Où se trouve votre parcelle ?

— C'est la Section Trois. Et vous ?

— La Un… Vous avez sans doute l'intention de faire construire ?

— Oh, oui. L'Île aux Oiseaux est l'endroit idéal pour mes affaires.

Milo haussa les sourcils.

— Vos affaires ?

— Enfin, pas vraiment des « affaires », dit Archer en riant. Je fais de la photographie. C'est plutôt un hobby, mais qui me permet de gagner quelques dollars de temps en temps.

— Je vois, fit Milo en hochant la tête.

Archer lui tendit la main.

— Eh bien, bonne journée, Mr Green. C'était un plaisir de vous rencontrer. Je suis sûr que nous aurons bien d'autres occasions de nous voir.

* * *

Le brouillard montait – de longues traînées pâles fuyant l'océan tels des fantômes apeurés. Il enveloppait le port, les quais et les bateaux de pêche, et formait des bancs qui pénétraient dans les rues en répandant des odeurs de sel, de goudron et de poisson.

Celia Marlowe, qui descendait Alvarado Street vers Fisherman's Wharf pour voir à quoi ressemblait l'Île aux Oiseaux, trouvait l'atmosphère particulièrement pittoresque. Alors qu'elle traversait la rue pour rejoindre la jetée, elle prit conscience d'une ombre hésitante juste derrière elle.

Sans même sembler se retourner, elle détermina que cette ombre était Milo Green. Elle ajusta son profil à son meilleur avantage.

Milo la rejoignit.

— Votre tante m'en veut sans doute ? dit-il.

Celia répondit sans tourner la tête :

— Vous n'avez pas été précisément poli avec elle.

Milo s'enfonça les mains dans les poches.

— J'aurais dû faire plus attention… Je lui présenterai mes excuses la prochaine fois que je la verrai.

— Ça ne ferait qu'aggraver les choses. (Au bout d'un moment, Celia ajouta :) À votre place, je ne me ferais pas trop de souci. Elle va vous oublier complètement. Elle a tellement d'autres choses en tête… Vous n'imaginez pas le travail que cela représente de diriger une école.

Milo la regarda avec curiosité.

— Quel est votre rôle, dans tout ça ? Vous êtes simplement venue en visite ?

— Oh, non, fit Celia. Je suis ici pour enseigner.

— Enseigner ? Enseigner quoi ?

Elle haussa les épaules.

— Des choses simples. Musique élémentaire, badminton, affaires courantes… Je vais probablement corriger des copies, et… ma foi, aider d'une façon générale.

Milo la prit par le bras et l'emmena vers une petite baraque de fruits de mer perchée au-dessus de l'eau sur de vieux pilotis.

— Allons prendre un cocktail de crevettes.

Ils s'assirent à une table recouverte d'une nappe rouge à carreaux. Milo passa la commande et se cala dans son fauteuil pour dévisager Celia avec intérêt.

— C'est la première fois que vous venez par ici ?

— Oui. Je viens juste de terminer mes études.

— Vous venez de quitter l'école, et hop, vous entrez dans une autre !

Celia éclata de rire.

— Qu'est-ce qu'il y a de mal à ça ?

— Beaucoup de choses, dit gravement Milo. Sur un plan psychologique, ce n'est pas sain de dominer des élèves toute sa vie. On se trouve retranché derrière une barrière, on perd le contact, et un beau matin, on se rend compte qu'on est complètement dépassé.

— Il faut bien que quelqu'un le fasse.

— Vous êtes très bien comme vous êtes.

— Merci. Mais si vous avez l'intention d'habiter en haut d'une colline rocheuse, vous n'allez pas non plus vivre une existence normale.

— Moi, c'est différent, dit Milo. J'ai une excellente raison.

— Ça n'a pas trop l'air de vous plaire.

— Ma foi – j'ai acheté cet endroit plus ou moins sur un coup de tête. Et maintenant, je me rends compte que je n'ai pas suffisamment réfléchi aux conséquences.

Celia plongea sa cuillère dans son cocktail de crevettes.

— Que voulez-vous dire ?

— Il y a deux mois, un barman m'a donné un billet de loterie – pour la Grande Loterie Nationale Mexicaine. C'était un billet gagnant. Une fois les taxes payées, je me suis retrouvé avec vingt mille dollars.

— Milo ! s'exclama Celia. C'est formidable !

Il haussa les épaules.

— Je viens d'en donner dix mille à Coves. Et il y a une heure à peu près, j'ai signé un contrat pour une maison à vingt-cinq mille dollars.

— Waouh, fit Celia. Ça fait une sacrée maison.

— J'ai bien peur d'avoir été un peu impulsif. Maintenant, je vais devoir verser cent dollars par mois à la banque. Ce qui fait qu'au lieu d'avoir vingt mille dollars à mon compte, j'en ai pour vingt mille de dettes.

— Mais pensez à la merveilleuse maison que vous aurez !

— Si elle n'est pas saisie par la banque d'ici deux mois pour défaut de paiement…

— Si vous travaillez dur, vous pourrez la payer.

Milo secoua tristement la tête.

— Comment avez-vous gagné votre vie jusqu'ici ? demanda Celia.

— J'ai un talent pathétique pour écrire des vers de mirliton que je vends à des journaux pour enfants.

Celia le regarda avec un intérêt accru.

— Vous devez être très intelligent.

— Non, je ne suis pas intelligent. C'est juste un coup à prendre.

Il griffonna quelques mots sur une serviette en papier. Celia la prit et lut :

Les œillets sont rouges,
Les dauphinelles sont bleues,

J'adore la glace à la myrtille,
Elle a la couleur de tes yeux.

Celia pouffa.

— Eh bien voilà, dit Milo, maintenant, vous voyez ce que je veux dire.

— Je trouve que vous avez beaucoup de talent. Est-ce que vous avez sur vous des choses qui ont été publiées ?

En rougissant légèrement, Milo sortit de sa poche deux coupures de journaux.

— Ceux-là sont parus le mois dernier dans le *Magazine des Culottes Courtes*.

Celia les étala sur la table et pencha sa tête aux cheveux bruns.

— C'est très mignon, dit-elle. (Elle lut le deuxième, puis elle leva les yeux vers Milo et dit d'un air très sérieux :) Je les trouve très bien. Vous savez, vous pourriez vous installer sur l'Île aux Oiseaux et vendre très rapidement suffisamment de vos poèmes pour payer votre maison. Imaginez que vous écriviez un recueil de poésie qui deviendrait un best-seller pour les enfants ?

— Ce n'est pas réaliste, dit Milo. Il faudrait que j'écrive dans un autre genre.

— Quoi, par exemple ?

— Oh… (Milo contempla un instant le port, où le brouillard avait plongé les quais dans la grisaille et rendu opalescente la surface des eaux noires.) Quelque chose à plus grande échelle. Un poème épique, peut-être.

— Hum, fit Celia d'un air dubitatif. Je ne sais pas…

Milo se renfonça dans son fauteuil.

— Quand commencez-vous à travailler ?

— Le trimestre de printemps démarre la semaine prochaine.

— Est-ce que Miss Pickett va vous payer ?

— Bien sûr qu'elle va me payer.

— Au tarif syndical ?

— Je vais bénéficier d'une formation très utile, répondit Celia. C'est ce que me dit tante Lydia.

Milo eut un petit ricanement et jeta un coup d'œil vers l'Île aux Oiseaux, à présent cachée par le brouillard.

— Son académie a l'air de gagner de l'argent à la pelle.

— C'est l'une des écoles les plus réputées de l'État, dit Celia. Tante Lydia gère très bien son affaire. Ses tarifs sont élevés, et elle est très stricte. (Il y eut un silence. Celia s'agita dans son fauteuil.) Je ferais mieux de rentrer.

Ils repartirent le long du quai, et s'arrêtèrent un instant pour regarder le port. L'eau était noire à leurs pieds, et le brouillard humide sur leurs visages.

— Ça donne la chair de poule, dit Celia. Je suis sûre qu'il y a des fantômes à Monterey.

— Je pense bien, dit Milo. C'est la plus ancienne ville de Californie. (Il se tourna vers elle.) Saviez-vous qu'un trésor est censé être enterré dans l'Île aux Oiseaux ?

— Non... c'est vrai ?

— Absolument. L'entrepreneur m'en a parlé. Personne ne sait où il est ni combien il vaut. En fait, on ne sait rien du tout. Seulement que l'Île aux Oiseaux appartenait autrefois à une bande de bootleggers, et que quand ils ont été mis en prison, ils ont laissé un tas d'argent sur l'île.

Celia dit en souriant :

— Si vous trouvez le trésor, vous pourrez rembourser votre banque.

Milo fit claquer ses doigts.

— J'ai une idée. Demain, partons à la recherche du trésor.

— Comment irons-nous là-bas ? À la nage ?

— J'ai un bateau. Il est dans le port en ce moment. Vous ne pouvez pas le voir à cause du brouillard.

— Eh bien... d'accord. Mais il faudra éviter d'en parler à tante Lydia.

Ils retournèrent au *Val d'Oro*. Coves était dans le hall, en train de lire une lettre. Il les salua aimablement d'un geste de la main.

— Ah, Mr Green.

— Hello, Mr Coves. (Milo lui présenta Celia.) Comment vont vos affaires ?

— J'ai tout vendu.

— Ça s'est fait très rapidement, dites-moi.

— Oui, effectivement. Je commence les travaux de rénovation de l'hôtel.

— Et qui sont les autres acheteurs ?

— Voyons voir… Il y a vous, bien sûr, et Mr Archer. (Coves énuméra les noms sur le bout de ses doigts boudinés.) Et puis – voyons voir, le cousin d'Al Carper – Mr O'Rourke. Il y a aussi Mr Ottenbright, un avocat de San Francisco. Et Miss Pickett a acheté la petite parcelle à côté de son école. (Il regarda sa montre.) Vous accepterez peut-être d'être mes invités à dîner ? Je pense que pratiquement tous les nouveaux acquéreurs seront là. Ce sera une excellente occasion de faire connaissance.

— Merci, dit Milo. J'en serai enchanté.

Celia hésita.

— Ma tante…

— Ah, oui, je l'ai aussi invitée.

— Dans ce cas, je serai ravie de venir.

— Dans une heure, donc. J'ai réservé une grande table au fond du restaurant.

CHAPITRE IV

Les invités formaient un ensemble disparate, dans des styles allant de l'élégance raffinée de Mortimer Archer à la vigueur plus primitive d'Ike O'Rourke, qui arborait une barbe jaune broussailleuse par-dessus sa grosse veste écossaise, et qui parlait en expert de toundras, d'igloos et de chiens de traîneau.

Miss Pickett, dans un tailleur de serge noire à la coupe sévère, fut la dernière à apparaître. Coves la présenta à ses nouveaux voisins, en commençant par un gentleman corpulent et presque chauve, accompagné de son épouse tout aussi rebondie.

— Miss Pickett, Mr et Mrs Ottenbright.

Puis :

— Miss Pickett, Mr Green.

— J'ai déjà rencontré Mr Green, déclara Miss Pickett d'une voix qui résonna avec une vibration métallique.

Coves fit signe à Ike O'Rourke.

— Miss Pickett, puis-je vous présenter Mr O'Rourke ?

— Enchanté, m'dame, fit Ike O'Rourke.

Miss Pickett lança un regard accusateur à Coves, dont le front brillait de petites perles de sueur. Ce fut au tour de Mortimer Archer de s'approcher.

— Miss Pickett, Mr Archer.

Mr Archer lui prit la main en souriant :

— Miss Pickett.

Un serveur fit signe à Coves.

— Le dîner est prêt, dit Coves.

Pendant le repas, la conversation fut dominée conjointement par

Miss Pickett et Mr Ottenbright. De sa riche voix de baryton qui avait hypnotisé d'innombrables jurys, Mr Ottenbright décrivit une affaire récente, en fixant Milo de ses yeux bleus larmoyants. Miss Pickett, à l'autre bout de la table, exposait à Mr Archer ses théories concernant la discipline scolaire.

— C'était un bien triste spectacle, dit Mr Ottenbright en tapotant le poignet de Milo. Ce freluquet de Clevinger était incapable de s'arrêter – le plus lamentable exemple d'avocat qu'il m'ait été donné de voir. Pendant deux heures entières, il a argumenté et s'est ridiculisé, jusqu'à ce que le juge…

— … le chewing-gum est une chose que je n'ai jamais tolérée, disait Miss Pickett à Mr Archer. Une de mes règles les plus strictes est que, lorsqu'un enseignant surprend une élève dans cette pratique, il doit lui donner l'ordre de se coller la substance sur le front et de l'y garder jusqu'à la fin du…

— … j'ai cité Snyder vs. Crum Salvage. Mais Clevinger, toujours dans son aveuglement obstiné, a soutenu la non-pertinence de…

— … j'autorise un dollar et vingt-cinq *cents* par semaine pour l'argent de poche. C'est plus que suffisant pour…

Le rot d'Ike O'Rourke évoqua le barrissement d'un éléphant de mer.

— C'est de la bonne bouffe, Mr Coves, dit-il.

Miss Pickett fronça les sourcils. Mr Ottenbright s'essuya élégamment les lèvres avec sa serviette.

— Eh bien, dit Ike, je me suis baladé dans l'île et ça me plaît. Y a une bonne brise qui souffle de l'océan, c'est le climat idéal pour les baleines. J'ai hâte de pouvoir démarrer mon usine.

— Des baleines ? dit Miss Pickett en haussant les sourcils. De quelle « usine » s'agit-il, Mr O'Rourke ?

— Une usine de découpage de baleines. J'ai décidé qu'en plus de capturer et d'élever des baleines, je vais m'occuper moi-même de l'abattage et de la découpe.

Coves devint soudain très pâle.

— Assurément, vous n'allez pas…

Miss Pickett l'interrompit.

— Mr O'Rourke, vous rendez-vous compte qu'une telle activité serait extrêmement préjudiciable à ceux d'entre nous qui dépendent d'une clientèle pour exercer leur activité ?

Ike prit un air têtu.

— Je vois pas pourquoi.

Mr Ottenbright s'éclaircit la gorge.

— J'ai bien peur, Mr O'Rourke, que votre projet ne soit pas réalisable. Certaines lois régissent ce genre d'entreprise, et je crois que quiconque se trouverait placé de telle sorte que le vent souffle vers lui depuis chez vous pourrait obtenir avec le minimum d'efforts un arrêté judiciaire vous enjoignant de cesser vos activités.

— Le vent souffle pas tout le temps.

— Rien que l'idée, dit Miss Pickett avec un petit reniflement de dégoût, suffirait à tenir des jeunes filles bien élevées à l'écart de mon académie.

— Bon, si vous tenez tant à faire des histoires, dit Ike, je me contenterai de rassembler des troupeaux et de les vendre à l'abattoir.

Milo demanda avec une intense curiosité :

— Comment faites-vous pour capturer des troupeaux de baleines, Mr O'Rourke ?

Ike lui fit un clin d'œil.

— C'est une vieille astuce esquimaude, mon garçon. Là-haut, dans le Nord, ils savent des tas de trucs qu'on croirait pas qu'ils savent. Ils vivent bien et ils mangent bien… Et pourquoi ça ? Parce qu'ils connaissent les poissons, ils savent tout sur les poissons… J'ai appris des tas de choses, mais j'en saurai jamais autant que ces vieux sorciers.

— Mais où mettrez-vous toutes ces baleines, une fois capturées ?

— J'ai une belle crique juste là dans ma propriété. Je vais y couler quelques pieux, tirer quelques longueurs de câble, et j'aurai mon enclos. Ensuite, j'irai en mer, j'attirerai une douzaine de baleines et j'aurai plus qu'à attendre, et peut-être qu'elles feront des petits.

— Et si elle refusent de coopérer ? demanda Celia avec un sourire malicieux.

— Ha ! s'esclaffa Ike. Vous faites pas de bile pour ça, jeune fille. J'ai ce qu'il faut pour les faire coopérer.

— Heu, Mr O'Rourke… fit Mr Archer.

— Oui ?

— Ces baleines ne vont-elles pas mourir de faim ? Comment allez-vous les nourrir ? J'imagine que la crique se trouverait rapidement vidée de ses poissons ?

— Les baleines mangent pas de poisson. Elles mangent des petits trucs qui flottent, et ça n'a pas d'importance si elles doivent aller les chercher en nageant, ou si c'est la marée qui les apporte.

Miss Pickett s'exclama d'un air dégoûté :

— Des baleines ! Quelle idée invraisemblable !

Coves dit d'une voix faible :

— Je ne me doutais pas… Je croyais que vous vous intéressiez à la pêche, Mr O'Rourke ?

— Bah, les baleines, c'est des poissons, dit sèchement Ike. (Il lança un regard torve à Miss Pickett.) Mais attention, hein ? Je veux pas que vos fichues gamines viennent me poser des questions idiotes, du genre comment je fais la différence entre les papas et les mamans, ou pourquoi les baleines mangent pas d'algues !

— Votre recommandation est tout à fait inutile, rétorqua Miss Pickett. Mes élèves auront l'interdiction de même envisager de s'intéresser au sujet.

— Allons, allons, fit Mr Ottenbright. Mesdames, messieurs ! Je suis sûr que chacun d'entre nous tient à se montrer très coopératif.

— Naturellement, dit Mr Archer.

On servit le dessert et le café.

— Avez-vous décidé si vous habiteriez sur l'île, Mr Archer ? demanda Miss Pickett.

— En voyant la beauté naturelle des paysages de l'Île aux Oiseaux, Miss Pickett, j'ai pensé qu'elle se devait d'être enregistrée avec l'objectif d'un appareil photo. Je vais peut-être installer un petit studio et constituer un portfolio d'études. Pendant cette période, j'habiterai sur l'île.

Le regard de Miss Pickett passa au-dessus de Milo comme s'il s'était agi d'un serveur.

— Et Mr Ottenbright ?

— Oh… nous envisageons juste d'avoir ici notre résidence secondaire, où nous pourrons venir nous reposer de temps à autre.

Miss Pickett hocha la tête, posa brièvement les yeux sur Ike O'Rourke, et braqua enfin un regard incendiaire vers Coves – qui détourna les yeux.

Après le dîner, Celia parla à Milo dans le hall de l'hôtel.

— Je ne pourrai pas venir demain.

— Pourquoi donc ?

— Tante Lydia fait un discours au Centre communautaire de Carmel demain après-midi, et elle veut que je l'y emmène en voiture.

— Pourquoi ne conduit-elle pas elle-même ?

— Ça, il faudra que tu lui poses la question.

Milo se passa la main dans les cheveux.

— On pourrait y aller le matin, et rentrer avant midi ?

Celia le regarda avec un demi-sourire, et Milo eut envie de se pencher vers elle pour l'embrasser.

— Nous allons vraiment partir à la recherche d'un trésor ? demanda-t-elle.

— Mais oui, pourquoi pas ?

— Mais nous n'avons pas de carte, et nous ne pouvons pas creuser des trous dans toute la plage.

— Je vois que tu as un esprit éminemment pratique.

— Il faut bien que quelqu'un se serve de sa tête. Et toi, tu es un poète. (Celia jeta un coup d'œil par-dessus son épaule.) Voilà tante Lydia qui arrive. Je ne crois pas qu'elle veuille que je te fréquente.

— Celia ! fit une voix sèche.

— À demain matin, dit Milo.

* * *

Celia se redressa en sursaut dans son lit, ses boucles brunes dans les yeux. De la forme anguleuse de Miss Pickett vint un grognement.

— Qu'est-ce qui passe ? fit une voix creuse.

Celia bondit pour décrocher le téléphone.

— Allô ? chuchota-t-elle.

— C'est l'heure de se lever, dit Milo. Je t'attends dans le hall.

— Qui diable peut bien téléphoner à une heure pareille ? maugréa Miss Pickett.

— Un faux numéro, dit Celia.

Miss Pickett poussa encore un grognement et laissa retomber sa tête sur l'oreiller.

Celia retourna s'asseoir au bord de son lit en frissonnant. Quelle heure était-il ? Elle jeta un coup d'œil par la fenêtre. Très bas à l'horizon, une vague lueur : l'aube se levait.

— Quel idiot, marmonna Celia. Vraiment, quel idiot…

Avec précaution, elle rassembla ses vêtements et se faufila dans la salle de bain. Elle s'aspergea le visage d'eau froide, se lava les dents et se brossa les cheveux, puis elle s'habilla : blue-jean, chemisier blanc, pull-over vert. Sans un bruit, elle retourna dans la chambre.

— Celia, fit une voix parfaitement éveillée, où vas-tu comme ça ?

Celia posa la main sur la poignée de la porte.

— Je vais me promener un peu, ma tante. Rendormez-vous.

Elle sortit et descendit rapidement dans le hall, sans se soucier des remontrances qu'elle allait devoir subir plus tard dans la journée. Accoudé au comptoir de la réception, Milo discutait avec l'employé.

— Ah, Milo, dit Celia, tu es diabolique. Partons vite avant que ma tante ne dévale l'escalier à ma poursuite.

Une fois franchies les grandes portes vitrées, ils se retrouvèrent dans la grisaille du petit matin et descendirent vers le port. Le brouillard s'était dissipé. On n'entendait que le clapotis des vagues contre la digue et le bruit de leurs pas.

Le ciel vira au safran foncé et les petites traînées de nuages prirent une couleur de pétales de géranium. Ils descendirent les marches jusqu'au quai…

— Ah, bon sang ! s'exclama Milo dont la voix résonna dans l'air.

— Qu'est-ce qu'il y a ?

— Regarde, dit Milo. C'est mon bateau, là-bas, à l'amarrage.

— Comment on va faire pour y aller ?

Milo réfléchit en pinçant les lèvres.

— On va emprunter un de ces dinghies.

Celia le regarda en coin.

— Personne ne nous a donné la permission de nous servir de son bateau.

Milo sauta au bord de l'eau et lui fit signe.

— Allez, viens ! C'est exactement le canot qu'il nous faut, dit-il en tirant vers lui un petit dinghy à fond rond.

— Je ne viens pas, répondit Celia. Je ne tiens pas à me faire arrêter.

Milo haussa les épaules et se baissa pour défaire l'amarre. Il sentit le bateau tanguer sous ses pieds, et quand il leva les yeux, il vit que Celia s'installait à l'arrière.

Milo donna une bonne poussée, et le canot commença à s'éloigner du quai. Il songea : Si je lui tends une de ces rames, elle va refuser d'y toucher par pur esprit de contradiction…

— Reste assise tranquillement, dit-il, et profite de la balade. Je ne veux pas que tu te salisses les mains.

D'un air déterminé, Celia prit l'une des rames.

— Rien au monde ne saurait m'empêcher de ramer.

Milo ne dit rien. À présent, les seuls bruits étaient celui de la proue fendant l'eau et le clapotement de leurs rames.

Ils se rangèrent le long du voilier de Milo, qui tint fermement le canot en place tandis que Celia sautait à bord. Il monta à son tour, mit le gouvernail en place, hissa la voile et largua l'amarre. La voile se gonfla et le bateau vira facilement. Ils remorquèrent le dinghy jusqu'au quai, puis ils mirent le cap vers l'Île aux Oiseaux.

Ils restèrent un moment sans rien dire, écoutant le bruit des vagues et de l'écume dans leur sillage. Celia éclata de rire :

— C'est merveilleux, Milo… Je suis vraiment contente que tu m'aies réveillée au milieu de la nuit. Même si, sur le moment, j'étais furieuse… Alors, qu'est-ce qu'on fait, si on trouve le trésor ?

— C'est probablement de l'or, dit Milo. Des doublons, des louis, des couronnes, des lingots. En général, les trésors, c'est de l'or.

— Des bootleggers n'enterreraient pas des doublons… fit remarquer Celia De toute façon, je préférerais des pierres précieuses.

L'Île aux Oiseaux se rapprocha.

Le voilier glissa le long du ponton de Miss Pickett. Milo lâcha l'écoute et les voiles descendirent le long du mât. Celia sauta sur le quai et Milo lui lança une amarre, qu'elle fixa solidement.

— Nous devons êtres seuls sur l'île, dit Milo en la rejoignant. L'académie et l'hôtel sont fermés tous les deux, et il n'y a personne dans le coin, sauf peut-être un ou deux gardiens.

— Tant mieux, dit Celia. J'ai horreur de la foule… Bon, où est-ce qu'on cherche en premier ?

— Montons là où je fais construire ma maison. Ce sera commode pour prendre nos repères.

Ils s'engagèrent sur le flanc de la colline, et le soleil commença à se lever, lentement, par petits bouts, tout comme il l'avait fait la veille au soir pour se coucher…. La lumière dorée brillait dans leur dos tandis qu'ils escaladaient les rochers.

— Voilà, nous y sommes, dit Milo. Regarde un peu le Pacifique, là-bas…

— C'est magnifique, dit Celia tout essoufflée. (Elle s'assit sur un rocher et écarta ses boucles brunes de ses yeux.) C'est ici que tu vas faire construire ?

— Exactement à cet endroit précis.

Celia jeta un coup d'œil dans la pente, puis vers le continent.

— Ça ne va pas coûter très cher de faire venir tous les matériaux ici ?

— Oh, on a réglé ce problème, dit Milo. L'entrepreneur va préfabriquer le maximum dans son chantier, et on transportera le tout par les airs.

Elle se retourna vers lui.

— Par les airs ?

— Par hélicoptère, précisa Milo. Un gros hélicoptère de fret. Il suffira d'une journée pour apporter toute la maison. Bien sûr, j'ai l'intention d'utiliser une bonne quantité des pierres qui sont ici…

Il s'interrompit brusquement.

— Qu'est-ce que tu as ? demanda Celia.

— Regarde, dit Milo. Là-bas, sur la plage de Coves.

Un homme marchait lentement sur la longue bande de sable blanc, projetant une ombre effilée dans la lueur du soleil levant. Ses yeux étaient fixés sur la limite de la marée : il semblait chercher quelque chose. Il se baissa, ramassa un objet qui étincela brièvement, et le mit dans un sac qu'il portait à l'épaule.

— C'est Mr Archer, chuchota Celia. Mais qu'est-ce qu'il peut bien faire ?

— Je ne sais pas, dit Milo.

— Allons-y, descendons voir.

Ils dévalèrent la colline jusqu'à la plage et sautèrent dans le sable sec. Quelque chose brilla aux pieds de Celia. Elle le ramassa : c'était une petite bouteille au bouchon bien vissé. À l'intérieur, il y avait un papier sur lequel le nombre « 82 » était écrit très lisiblement.

Mr Archer les avait vus et s'approchait d'eux, avec une curieuse expression sur le visage.

— Bonjour, dit Milo. Qu'est-ce qui vous amène par ici à une heure aussi matinale ?

— Simple petite promenade de santé, Mr Green… Bonjour, Miss Marlowe.

— Qu'est-ce que vous cherchez ? Ces bouteilles en verre ? demanda Celia en montrant celle qu'elle avait ramassée.

Le visage d'Archer se crispa légèrement, et sa moustache frémit.

— Non, fit-il, je ne les cherchais pas particulièrement. J'ai juste ramassé quelques bricoles – parmi lesquelles deux ou trois de ces bouteilles. Je suis un peu comme ces pies attirées par tout ce qui brille.

— Presque tout semble intéressant sur une plage, dit Milo. Coves m'a dit qu'il récolte ici les déchets de la moitié du Pacifique.

Celia examina la bouteille.

— Je me demande ce que ce nombre peut bien vouloir dire…

Archer fixa la bouteille des yeux. Il tendit la main, mais Celia ne sembla pas le remarquer. Il détourna le regard.

— Viens, Milo, dit Celia, cherchons-en d'autres.

— J'ai remarqué une chose très intéressante sur la plage, dit Archer. Une énorme anémone de mer. Rouge et violette, absolument magnifique ! Comme un lis tigré. Elle vaut le coup d'œil. Je regrette de ne pas avoir emporté mon appareil photo.

— Elles sont dangereuses, dit Celia. Elles peuvent vous piquer.

Archer observa la mince silhouette en blue-jean qui se déplaçait sur la plage. Elle se baissa et ramassa une autre bouteille qu'elle mit dans sa poche. Archer inspira profondément.

— Bon, autant m'y mettre, moi aussi, dit-il en s'apprêtant à rejoindre Celia.

Milo le regarda d'un air pensif.

— Oh, Mr Archer !

Archer tourna la tête.

— Oui, quoi ?

— Avez-vous vu quelqu'un d'autre sur l'île, ce matin ?

Archer se retourna complètement.

— Hein, comment ?

— Nous pensons avoir aperçu quelqu'un tout à l'heure, au sommet de la colline, expliqua Milo. Quelqu'un qui, apparemment, ne voulait pas être vu.

Archer se mit la main en visière et scruta la colline. Les ombres étaient foncées sous les cyprès torturés par le vent. Les gros blocs de roche étaient impressionnants.

— Je n'ai vu personne, dit-il.

— C'était sans doute une ombre, ou un mouton.

Archer hocha la tête avec une belle assurance retrouvée.

— Je doute que quelqu'un d'autre soit venu ici à une heure aussi matinale. Les gens comme nous sont rares, qui aiment l'atmosphère du petit matin.

Il jeta un coup d'œil à Celia, qui se baissait à nouveau… et encore. Elle était déjà loin sur la plage.

— Je crois que je vais rentrer, dit Archer. Bonne matinée, Mr Green.

— À plus tard.

Milo le regarda s'éloigner vers le ponton de Coves, puis il se dépêcha de rejoindre Celia.

— Regarde, Milo, dit-elle. Six bouteilles. Toutes ont un numéro. Quatorze – quatre-vingt-sept – soixante-trois – vingt-neuf – vingt-deux – et quatre-vingt-deux.

— Elles sont forcément arrivées ici avec la marée.

— Mais qui s'amuserait à mettre des numéros dans des bouteilles ?

— Je ne vois vraiment pas.

Le soleil brillait et l'océan étincelait. Celia regarda un instant la mer et dit :

— Milo ?

— Oui, quoi ?

— Ne cherchons pas le trésor aujourd'hui. Retournons au bateau et partons au grand large. Là-bas, tout est si calme, si vaste, si ensoleillé…

— Ça me va, dit Milo.

* * *

Des arpenteurs regardèrent dans leurs théodolites et crièrent en agitant les bras, tandis que leurs assistants escaladaient la colline en plantant des piquets dans la terre humide. Des bulldozers évoluèrent au milieu des ajoncs, laissant sur leur passage des monticules d'argile ocre. Des charpentiers tirèrent des câbles, des ouvriers creusèrent des tranchées. Des fondations furent coulées, des solives mises en place, des planchers fixés, des murs dressés et garnis d'isolant. Puis vinrent les poutres et les toits, et de nouvelles maisons apparurent sur l'Île aux Oiseaux.

Celle de Milo était basse avec un toit plat, des murs en séquoia et en pierre locale, et à moins de la regarder très attentivement, on aurait dit qu'elle faisait partie de la colline. La maison d'Archer était un simple cottage blanc, tandis que les Ottenbright avaient fait construire une maison de plage prétentieuse et ultramoderne, avec un large patio dallé et de grands cubes de brique remplis d'azalées et de bégonias.

Le vieil hôtel de l'Île aux Oiseaux disparut dans la nouvelle construction. Des ailes poussèrent de chaque côté, et l'ancien toit pentu à pignons prit une silhouette moderne. La vieille véranda au plancher grinçant avait laissé place à une large terrasse tout le long du bâtiment, et un bar fastueux avait ouvert dans le hall. Pour meubler la terrasse, Coves avait fait venir deux douzaines de tables en verre et fer forgé, avec les chaises assorties, et deux douzaines de parasols multicolores. Un court de tennis et une piscine occupaient la prairie derrière l'hôtel, et trois voiliers tout neufs étaient amarrés au ponton pour le plaisir des clients à l'esprit nautique.

Ike O'Rourke s'était construit une cabane en pin brut avec un toit goudronné, qui comportait deux chambres. Un appentis en lattes et fil de fer grillagé abritait ses trois chiens. À travers l'accès à la crique, un marteau-pilon installé sur une barge avait planté une série de pilots, autour desquels avaient été tirées et enroulées des longueurs de corde épaisse. Des pontons soutenaient un vantail qu'on pouvait ouvrir depuis la vedette de vingt pieds qu'Ike avait achetée à Monterey.

Naturellement, ces nouvelles constructions ne s'étaient pas faites en un jour, ni une semaine ou même un mois. Certains événements s'étaient produits entretemps. Madeline Cheabrough s'était inscrite à l'Académie de Miss Pickett. Fougasse était venu occuper la fonction de *chef de cuisine** à l'Hôtel de l'Île aux Oiseaux. Et même le chat Rexie avait ses problèmes.

---

* En français dans le texte, comme c'est généralement le cas pour les expressions en italique (*N.d.T.*).

CHAPITRE V

L'effectif de l'Académie était toujours au complet, et ce n'est que pour rendre service à Mrs Cheabrough, elle-même une ancienne élève, que Miss Pickett avait consenti à prendre Madeline pour le trimestre de printemps. Elles étaient à présent toutes les trois sur le front de mer et regardaient l'Île aux Oiseaux. Mrs Cheabrough, une femme bien en chair élégamment corsetée, s'était enveloppée de peaux d'animaux morts. Madeline – une mince jeune fille de dix-sept ans d'un calme trompeur, avec de longs cheveux blonds et un visage triangulaire dont l'expression était conçue pour pousser les jeunes gens à la boisson – portait une jupe de flanelle grise et un cardigan en cachemire bleu ciel.

Miss Pickett avait prêté ses jumelles à Mrs Cheabrough afin qu'elle puisse voir l'Île aux Oiseaux.

— Et ces autres bâtiments – que sont-ils ? demanda Mrs Cheabrough.

Miss Pickett eut un petit reniflement dédaigneux.

— La construction au sommet des rochers sera la résidence d'un certain Mr Green. Cette maison plus petite tout à gauche est le studio de Mr Archer, un vrai gentleman. Derrière la colline, les Ottenbright sont…

— Oh, Maman ! s'écria Madeline. Regarde ces garçons, comme ils sont mignons !

Mrs Cheabrough regarda complaisamment passer une décapotable avec un gros « STANFORD » en lettres rouges collé sur le pare-brise. Madeline se tourna vers Miss Pickett :

— Je suis sûre que nous aurons des tas de fêtes et de bals à l'Académie, n'est-ce pas, Miss Pickett ?

— Bien sûr, ma chérie, dit Mrs Cheabrough dont le souvenir des années passées à l'Académie de Miss Pickett s'était considérablement amélioré avec le temps. Miss Pickett comprend tout à fait que les jeunes gens aiment prendre du bon temps.

La bouche de Miss Pickett ressemblait à un nœud plat.

— Fondamentalement, bien sûr, l'Académie privilégie son programme scolastique et culturel – mais je pense… (les mots semblèrent sortir au forceps)… que l'on doit pouvoir organiser quelques affaires discrètes.

— Rien de trop recherché, évidemment, approuva Mrs Cheabrough. Une des raisons pour lesquelles j'ai retiré Madeline de l'Institut Sark était leur Festival de la Saint-Jean. Huit jours, pensez donc ! Non, vous n'envisagez sans doute guère plus qu'un cotillon hebdomadaire, avec peut-être un tournoi de tennis, un pique-nique et deux ou trois bals par trimestre, ou je me trompe ?

— Eh bien, je souhaite naturellement que les jeunes filles puissent s'amuser…

Mrs Cheabrough ne semblait pas vraiment écouter.

— Miss Pickett, vous allez sans doute me trouver vieux jeu, et je sais que vous voulez vous montrer libérale – mais j'aime que Madeline soit rentrée avant minuit.

— Oh, Maman, fit Madeline d'un air dégoûté, quelle importance ? Miss Pickett est parfaitement moderne sur ces questions-là.

Mrs Cheabrough haussa les épaules.

— Ma foi, Miss Pickett sait ce qu'elle a à faire. Mais je suis sûre qu'elle insistera pour qu'il y ait un couvre-feu, au moins pendant la semaine.

Miss Pickett recouvra enfin l'usage de la parole.

— Mrs Cheabrough, je crains qu'il n'y ait un malentendu sur…

— Maman, regarde ! s'exclama Madeline. Ces garçons sont en train de flirter avec moi ! Tu vois comme ils regardent par ici en souriant ?

D'un bref coup d'œil, Mrs Cheabrough évalua la situation.

— Non, ma chérie, je ne crois pas que ce soit le cas. C'est à Miss Pickett qu'ils sourient. J'ai bien peur que ce ne soit parce que son jupon dépasse.

— Oh ! fit Madeline.

Miss Pickett, après un rapide coup d'œil par-dessus son épaule pour vérifier, fit demi-tour er retourna précipitamment à l'hôtel.

* * *

Le catalogue des cours décrivait Miss Celia Marlowe, licenciée ès lettres, comme professeur chargée des matières suivantes : Histoire de la Musique, Éléments d'Harmonie, Panorama de la Littérature Orientale, et Tennis : Niveaux Débutant et Avancé. En plus de ces obligations formelles, Miss Pickett attendait également de Celia qu'elle corrige et note les essais, dissertations et compositions d'Anglais – et dans ses moments de loisir, qu'elle s'occupe enfin de la correspondance de Miss Pickett.

Pleine d'enthousiasme, Celia apprécia beaucoup les premières semaines – même si elle trouvait un peu étrange et embarrassant d'exercer une autorité sur des jeune filles qui avaient à peine quatre ans de moins qu'elle. Mais bientôt, la routine de son travail émoussa ce bel enthousiasme. Rien ne ressemblait plus à un essai qu'une dissertation, et à une dissertation qu'une composition. Et la correspondance de Miss Pickett cessa vite de la fasciner.

En principe, elle était libre les samedis après-midi et le dimanche, mais il semblait toujours y avoir une série de tâches urgentes le week-end qui requéraient son attention.

Dimanche. Une belle matinée ensoleillée. Celia, qui venait juste de se lever, se brossait les cheveux. Elle compta à voix haute les cinq derniers coups et reposa la brosse.

— Hello, dit-elle à son reflet dans le miroir. Je trouve que tu es assez jolie, plutôt pas vilaine…

Elle fit quelques essais en comprimant les muscles des joues et en plissant les lèvres. Elle se leva d'un bond et serra sa robe de chambre autour de ses hanches, puis elle s'éloigna en regardant par-dessus son épaule. Tout était satisfaisant. Elle retira sa robe de chambre et son pyjama, et enfila un pantalon corsaire et une chemisier vert foncé.

On frappa trois coups secs à la porte.

— Celia !

Miss Pickett était dans son humeur la plus autoritaire.

— Oui ?

— Je vais à Monterey pour signer quelques livres, et je veux que tu tapes les lettres que j'ai dictées hier.

— Mais tante Lydia…

— Ces lettres sont très importantes. Elles auraient dû partir vendredi.

— Bon, d'accord, grommela Celia.

Miss Pickett s'en alla et Celia descendit en sautillant dans la salle à manger, où elle prit son petit déjeuner et s'attarda devant une tasse de café. Elle soupira. Miss Pickett avait dicté suffisamment de lettres pour la tenir occupée toute la journée. Elle joua tristement avec ses couverts. Taper à la machine était ennuyeux comme la pluie, et il faisait un temps merveilleux, avec une légère brise venant d'Honolulu.

En traînant les pieds, elle se rendit dans le bureau. Celui-ci était divisé en deux parties : le bureau privé de Miss Pickett, et un petit bureau de réception. Le bureau de Miss Pickett était fermé à clé, et le rouleau de dictée inaccessible.

Celia haussa les épaules. Pas de chance, tante Lydia… Les clés étaient dans le secrétaire de Miss Pickett, mais ce ne serait pas bien de fouiller dans ses tiroirs. Maintenant que la question de Miss Pickett était réglée, il y avait des choses à faire, des gens à voir. Celia descendit les escaliers quatre à quatre et sortit en courant.

Elle se retrouva dehors au grand air, et libre. Elle traversa rapidement la prairie et commença à grimper à travers un bosquet de cyprès, jusqu'à la crête de la colline.

De là, elle pouvait voir l'hôtel et la longue plage blanche, et derrière, l'Académie. Un peu plus haut, sur la gauche, se trouvait la maison de Milo, tout en verre, pierre grise et bois de séquoia.

Celia s'arrêta devant la porte faite de planches roussâtres presque aussi épaisses que des traverses de chemin de fer. Elle hésita un instant avant d'appuyer sur le bouton de sonnette.

La porte finit par s'ouvrir, et Milo apparut.

— Oh, hello… Entre, entre.

Celia se faufila et se retrouva dans une pièce dallée de rouge et meublée d'une grande table avec six fauteuils en chêne et cuir. Le fond de la pièce était plongé dans la pénombre. En s'approchant, Celia aperçut au niveau en dessous un vaste living-room avec de larges baies vitrées donnant sur l'immensité de bleu, de vert et de blanc.

— Comme c'est charmant ! s'exclama-t-elle avec ferveur. Et quelle jolie rampe ! Ou bien… (elle hésita)… ça s'appelle une balustrade ?

— Une balustrade, confirma Milo. Une rampe, c'est incliné.

— On peut glisser sur une rampe…

— C'est vrai. Ou plutôt, on glisse sur la balustrade d'un escalier.

— Je vais descendre par la rampe, et je te parie que j'arrive en bas la première.

Milo ne releva pas le défi.

— Ah, Milo, reprit Celia, ta maison est absolument merveilleuse !

L'expression vaguement insatisfaite de Milo s'estompa.

— Elle te plaît ?

— Je la trouve formidable !

Milo haussa les épaules.

— Elle aurait été mieux si j'avais eu un architecte raisonnable. Dray m'a combattu pied à pied, absolument sur tout. Viens, je vais te faire visiter.

Celia le suivit le long de la grande table, qui était cirée au point de briller comme une flaque d'huile. Sur la droite, un comptoir à mi-hauteur les séparait d'une cuisine aux murs peints en vert foncé. La cuisinière, l'évier et les placards étaient revêtus de carreaux marron en terre cuite émaillée. Des fenêtres donnaient sur la baie.

— Je voulais une couleur plus gaie pour tout ça, grommela Milo. Du vermillon, ou du jaune. Dray a insisté pour cette couleur de rouille.

— C'est très joli, Milo ! C'est chaleureux et reposant. Je pense que Mr Dray a très bon goût.

Milo ne sembla pas convaincu. Ils descendirent dans le living-room.

— J'ai été obligé de marchander avec Dray, dit Milo. Il a fait ce qu'il voulait en haut, et moi en bas… Ici, c'est le living-room. Dray et moi, nous sommes tombés d'accord en ce qui concerne les meubles.

C'étaient des pièces basses et massives – du bois foncé garni d'un solide tissu écru.

Celia examina la pièce avec curiosité. Le mur en face d'elle était en plâtre nu, mais c'était manifestement la première étape d'une fresque. Un rectangle avait été délimité, et un dessin esquissé sur un quadrillage. Milo remarqua son intérêt.

— Ce seront des plantes et des fleurs dans le style du douanier Rousseau, dit-il d'un air sombre. Moi, je voulais une plaque dans le style persan. Dray a vu mes croquis, et il m'a fait jurer de ne rien mettre d'autre que ces fichus légumes.

— Je suis sûre que ça donnera un très beau résultat, le consola Celia. Je trouve la maison parfaite.

Milo détourna les yeux.

— Ma foi, je suis bien content. Parce que, un jour ou l'autre – peut-être –, c'est ici que tu habiteras.

Et il s'absorba dans la contemplation du paysage.

— Quoi ?

— Il n'est pas impossible que nous puissions… nous marier, dit Milo en se concentrant sur le vol d'une mouette au loin.

— Milo ! s'écria Celia d'une drôle de petite voix. Tu es en train de me demander en mariage ?

— Les demandes en mariage ne devraient même pas être nécessaires.

— Mais comment une fille pourrait-elle savoir, alors ? (La voix de Celia avait pris une sonorité riche, chaleureuse.) Quand elle voit quelqu'un qui lui plaît, j'imagine qu'elle dit : « Puisque les demandes en mariage sont totalement passées de mode, si tu veux qu'on se marie, ne perdons pas de temps. »

— Ça devrait résulter d'une compréhension mutuelle. Un rapport instinctif. Une information télépathique de singularité.

— Les gens doivent être amoureux avant de se marier, dit Celia.

— Tu vois ces grands bacs aux fenêtres ? C'est là que je vais planter des géraniums, dit distraitement Milo.

— Milo ! dit sèchement Celia.

— Oui, quoi ?

— Oh… non, rien. Montre-moi ta maison.

Il emmena Celia dans un escalier aux marches de tuile marron lustrée, dont chacune comportait un signe du zodiaque en mosaïque rouge, bleue, verte et jaune.

— C'est ici que se termine la zone d'autorité de Dray, dit Milo. Tout ce que tu vas voir maintenant est plus ou moins le résultat de mes idées personnelles.

— Qu'est-ce que c'est que ces drôles de petits masques, Milo ? Ils… ils me font peur.

— C'est Mahmoud Singh qui les a faits…

— Qui est Mahmoud Singh ?

— C'est un très bon ami à moi… un Hindou. Je l'ai invité à venir me rendre visite dès qu'il pourra se libérer. C'était son idée d'accrocher ces masques dans l'escalier. Ce sont des dieux. Des dieux hindous. Le gros avec une tête d'éléphant, c'est Ganesh, et ensuite, tu as Vishnou, Shiva, Brahma avec ses quatre têtes, et Kali, le démon de la vengeance. (Milo contempla un instant le visage grimaçant.) Elle a l'air féroce, hein ? Bon, ensuite, celui qui joue du violon, c'est Krishna – et nous voilà en bas. Là, devant, c'est le bureau.

Ils entrèrent dans une pièce lambrissée de bois foncé et meublée d'un profond canapé en cuir, d'un bureau, d'un fauteuil et de plusieurs étagères chargées de livres. Le sol était recouvert d'un tapis vert foncé. Il y avait une cheminée avec des chenets en bronze. C'était une pièce conçue pour veiller jusque tard dans la nuit à la lueur des braises rougeoyantes.

Celia regarda autour d'elle sans manifester d'enthousiasme.

— Je mettrais quelques rideaux de couleur vive, et je peindrais tout ce bois en blanc. Ce serait beaucoup moins sinistre.

— Assieds-toi, lui dit Milo. Je vais nous préparer de quoi boire au bar.

— Je veux voir le bar.

— Reste d'abord assise, insista Milo en prenant un air mystérieux. Ensuite, tu le verras.

Celia resta donc assise sur le grand canapé en cuir, et elle attendit. Milo disparut dans une petite alcôve. Celia put tout juste apercevoir un peu de bois poli, des reflets de bouteilles. Elle se tordit le cou pour regarder les livres derrière le canapé. *Les Œuvres complètes de Shakespeare*, *La Gazette des éleveurs de pigeons* (1932-1936), reliée en bougran marron, *La République* de Platon, la *Critique de la raison pure*, un ouvrage intitulé *Atlantide : Monde antédiluvien* d'Ignatius Donnelly.

Elle entendit un léger *clic-clic-clic*.

En tournant la tête, elle vit une petite locomotive électrique tirant un wagon à plateau sur des rails qui passaient derrière le canapé. Deux grands verres de whisky-soda étaient posés sur le wagon.

Le train s'arrêta juste à côté elle.

Milo la rejoignit.

— Le train passe derrière le canapé avant de retourner au bar.

— Milo, dit Celia en prenant un air grave, combien tout cela t'a-t-il
coûté ?

Milo se cala confortablement contre le dossier du canapé et goûta
une gorgée de son whisky.

— Si je compte un stock complet d'alcools divers, de boîtes de
conserve, la machine à écrire, les tapis, quelques autres objets tels que
des tapettes à mouches, des pelles – à propos, tu as vu la route que je
suis en train de construire ? Je creuse deux heures chaque matin avant
le petit déjeuner.

— Milo…

— Eh bien… vingt-sept mille huit cent soixante-cinq dollars. Et
quelques *cents*.

Celia poussa un grand soupir.

Milo haussa les sourcils.

— Je travaille six heures par jour, je trime comme un esclave au-dessus
de ma machine à écrire…

Celia fondit.

— Oh, Milo, je sais bien que tu travailles. Mais est-ce que tu as produit quelque chose ?

Milo but une grande gorgée de scotch.

— Vraiment excellent, ce whisky-soda, si je peux me permettre de
m'envoyer des fleurs.

— Milo, dit Celia, tu étais en train de me parler de ce que tu écris.

— Ah, oui. Eh bien, c'est une ballade – qui parle d'un homme qui
voulait s'acheter un nouveau chapeau.

— Vas-y, raconte. Quelle est l'histoire ?

— Oh, juste une histoire classique de ballade. Joie, tristesse, rires et
larmes

— Plus précisément ?

— Eh bien, elle est divisée en trois parties, avec un Prologue et un
Envoi. Le Prologue se déroule à peu près comme ça. Un homme décide
de s'acheter un chapeau. Il va dans le magasin, mais rien ne lui plaît. Le
vendeur lui montre tout ce qu'il a dans la boutique – chapeaux mous,
feutres, hauts-de-forme, chapeaux melon, tarbouches, casquettes, bon-
nets à poil, casoars, shakos, fez, turbans, sombreros, bonnet en poil de
castor et panamas. Rien ne lui plaît. Les sombreros sont trop larges, les

feutres trop étroits. Les chapeaux melon trop raisonnables, les hauts-de-forme trop prétentieux, les turbans trop excentriques. Finalement, il va à un autre comptoir où il regarde quelques mouchoirs, et il finit par s'acheter une épingle à cravate. Le vendeur est furieux. Un peu plus tard, un autre client se présente, un jeune homme innocent venu tout droit de sa campagne, au visage frais et avec une légère tendance à l'embonpoint. Le vendeur lui dit : "Oui, monsieur… ?" Et le jeune homme d'expliquer : "Je suis invité à dîner par mon patron, qui se trouve être également – du moins je l'espère – mon futur beau-père. Ce sera un dîner très habillé, et il me faut un couvre-chef approprié. Que pouvez-vous me suggérer ?"

« Le vendeur sort un immense gainsborough en velours vert, avec un ruban violet et une longue plume bleue. "Exactement ce qu'il vous faut, monsieur", dit-il.

« "Vous ne pensez pas que c'est un peu extrême ?" demande le jeune homme.

« "C'est le tout dernier cri, monsieur", répond le vendeur vindicatif.

« Le jeune homme l'achète et le porte fièrement au cours du dîner, où il attire naturellement tous les regards. Son patron le traite de tous les noms, la jeune fille qu'il aime le méprise, et sa vie est ruinée. Et c'est ainsi, conclut Milo, que s'achève le Prologue.

Il jeta un coup d'œil à Celia.

— Ça te plaît ?

— Tout à fait. Et ensuite ?

— Eh bien… Harvey Rotherhyde change. Ce revers qu'il a subi modifie son caractère. Il devient amer, rusé et vindicatif. Il retourne à son élevage de poulets et échafaude des plans. C'est dans la Stance Un. Dans la Stance Deux, ses plans prennent forme. Il charge à l'arrière de sa camionnette une cargaison de poules couveuses, et se rend en ville au milieu de la nuit. Il se gare derrière la boutique, dont il force la porte de service. Et là :

> *Avec sa cargaison de poules,*
> *Loin des yeux de la foule,*
> *Il se faufile dans le noir*
> *Jusqu'au rayon des accessoires.*

« Et maintenant, il retourne tous les chapeaux sur les étagères, et il place dans chacun une poule avec quelques œufs. Les poules s'installent confortablement, caquètent une ou deux fois, et Rotherhyde repart discrètement. C'est la Stance Deux.

« Et voici que commence la Stance Trois. Un veilleur de nuit le voit sortir du magasin et donne l'alerte. Un sergent de la police montée, Hannibal McCarthy, se lance à sa poursuite.

« Rotherhyde est malin et plein de ressources. Il s'esquive dans des ruelles sombres, se cache dans des poubelles, et d'une façon générale rend la tâche bien difficile au policier. Mais toujours le grondement des sabots se rapproche. Rotherhyde finit par se précipiter vers un grand hôtel dont il franchit la porte-tambour, et il prend une chambre au nom de Claude Jenkins. Le policier, dont la monture écumante a les naseaux dilatés, galope aux alentours jusqu'à ce qu'il découvre où Rotherhyde s'est réfugié. Mais :

Franchir une porte-tambour à cheval
Retarda encore plus le pauvre Hannibal.

« J'ai eu un peu de mal pour ces deux vers, dit Milo. Mais bon, le policier saute de sa selle et demande au réceptionniste : "Un dénommé Harvey Rotherhyde s'est-il présenté ici ?"

« L'employé répond : "Non, monsieur l'agent, personne de ce nom."

« Le policier est perplexe, il hésite, mais il finit par s'en aller, et Harvey Rotherhyde tombe amoureux de la femme de chambre qui se trouve être la jeune sœur de son ex-fiancée, qui apprend le métier de l'hôtellerie en commençant au bas de l'échelle. Et voilà, c'est la fin.

Milo se cala de nouveau confortablement contre le dossier du canapé et vida son verre.

Celia suçota un glaçon.

— C'est une histoire formidable... Mais est-ce qu'il y a un marché pour ce genre de chose ? À qui vas-tu la vendre ?

— Du diable si je le sais...

Celia se redressa.

— Retournons dans le salon. J'adore regarder la vue par ces fenêtres.

— J'ai une paire de jumelles, dit Milo.

Debout devant la grande baie vitrée, ils contemplèrent l'océan. Celia observait à travers les jumelles. Elle les reposa et se tourna vers Milo pour lui dire quelque chose. Il la regardait avec une telle expression que les mots ne franchirent pas ses lèvres.

Le téléphone sonna. C'était Miss Pickett.

— Mr Green, dit-elle d'une voix qui faisait vibrer le diaphragme, ma nièce est-elle chez vous ? Si c'est le cas, je souhaiterais lui parler.

— Attendez deux secondes, je vais voir. (Il se tourna vers Celia.) Ta tante voudrait savoir si tu es là. Est-ce que je lui dis que tu n'y es pas ?

— Non, je suis faite comme un rat. Laisse-moi lui parler. Hello, ma tante.

Milo pouvait entendre la voix âpre, et voir les expressions qui se succédaient sur le visage de Celia… qui finit par raccrocher.

— Bon, dit-elle, voilà qui est fait. Ma tante dit que je dois quitter immédiatement ta maison, et ne jamais y remettre les pieds sans un chaperon. Elle dit que la réputation de l'école en souffrirait si quelqu'un venait à apprendre notre comportement.

— Marions-nous, alors. Et tu pourras démissionner.

Celia contempla l'horizon.

Milo serra la mâchoire.

— Je sais, je ne suis pas assez bien…

— Ce n'est pas ça, Milo. Ce sont les circonstances. Tout ça est… si peu romantique. Je veux pouvoir me sentir… eh bien, *désirée* avant de me marier. Que ce ne soit pas seulement un moyen d'échapper à une situation déplaisante.

Milo dit :

— Je te désire, Celia.

— Tu ne me l'avais jamais dit avant, Milo.

Elle se tourna lentement vers la porte. Milo bondit vers elle.

— Oh, Milo…

Au bout d'un moment, ils finirent par se séparer.

CHAPITRE VI

Milo et Celia marchaient lentement le long de la plage de Coves. Sur leur droite, les vagues s'abattaient dans une merveilleuse mousse d'écume, puis se retiraient en sifflant sur le sable humide, sur lequel brillaient des méduses. Des algues étaient répandues ici et là, comme des tas de vieux vêtements.

Arrivés au bout de la plage, ils escaladèrent une barrière rocheuse, puis ils continuèrent de grimper au milieu des bruyères et des lupins bleus. Ils traversèrent un bosquet de cyprès et atteignirent le sommet d'une butte qui surplombait la crique d'Ike O'Rourke.

De la fumée montait de sa cheminée, et un bateau était amarré à son ponton. Quant à Ike, ils le virent sortir de sa cabane en s'étirant au soleil et en levant sa barbe jaune en l'air pour que le vent lui chatouille le cou. Il retourna dans la cabane et en ressortit presque aussitôt avec un seau, puis il se dirigea d'un pas décidé vers son bateau. Il démarra le moteur et s'éloigna lentement vers le centre de la crique. Le *putt-putt-putt* du diesel résonnait clairement aux oreilles de Milo et Celia.

Le moteur s'arrêta et Ike jeta l'ancre. Celia et Milo commencèrent à descendre la colline en sautant de rocher en rocher. Quelques minutes plus tard, ils se retrouvèrent sur un petit tertre surplombant la crique. De part et d'autre, des promontoires miniatures s'avançaient dans la mer, reliés par une double rangée de pilots entrelacés de longueurs de câble d'acier.

— Mr O'Rourke ! cria Celia.

— Ike ! cria Milo.

Ike O'Rourke se retourna brusquement, et ils virent deux trous noirs braqués vers eux – le double canon d'un fusil de chasse. Ike se détendit et reposa l'arme à côté de lui. Il leur fit un grand signe de la main, puis il leva l'ancre et relança son moteur.

Celia et Milo se retrouvèrent bientôt assis à côté de lui, et il repartit vers le centre de la crique.

— Faut m'excuser pour ma pétoire, dit Ike. En fait, je suis un peu du genre soupçonneux.

— Soupçonneux ? De quoi ? demanda Milo.

— Vous pourrez peut-être m'expliquer, dit Ike en pointant sa barbe jaune d'un air agressif. J'aimerais bien savoir. J'ai vu quelque chose qui rôdait dans le coin, et je sais fichtre bien qu'il y a pas d'ours sur cette île. Quand je suis allé voir de plus près, il y avait rien. Bon, fit-il en haussant les épaules, j'ai pas envie de lâcher mes chiens, parce qu'ils auraient vite fait de croire que l'île leur appartient. Alors, je garde mon fusil à portée de main.

— Qu'est-ce que vous faites là sur votre bateau, Mr O'Rourke ? demanda Celia.

— J'attrape juste un peu de poisson, histoire de remplir la marmite.

— Où est votre canne à pêche ? Vous n'avez pas besoin d'une ligne et d'un hameçon ?

— C'est pas comme ça qu'on fait, dans le Grand Nord.

Ike prit sous son siège une grande trompe en métal et inséra l'embouchure au milieu de sa masse de poils de barbe. Il émit un son rauque à la surface de l'eau.

— Ça, ça les fait venir, dit-il. Les poissons sont curieux, comme les hommes. Ils veulent savoir ce qui se passe. Alors, j'ai mon filet, là, et j'attrape celui qui me plaît.

Il se pencha par-dessus le bastingage, tenant son filet à deux mains.

— Hum… fit-il. Ils sont plutôt paresseux, aujourd'hui. Bon, je vais redonner un petit coup.

Il souffla de nouveau dans sa trompe. *Fwaaaap.*

Swash ! Splash ! Une forme argentée jaillit hors de l'eau, brilla un instant au soleil et replongea aussitôt.

— Voilà un joli bar, dit Ike. Bon, voyons ce qu'il y a d'autre.

Swash !

— Et voilà un saumon.

Il se pencha et plongea son filet dans l'eau. Quand il le releva, un poisson se tortillait dans les mailles. Ike fit un clin d'œil entendu.

— Ça me fera le dîner de ce soir, et aussi le déjeuner de demain.

— C'est formidable ! s'émerveilla Milo. Comment avez-vous appris cette astuce ?

— Chez les Esquimaux. Je vous l'ai dit, les poissons, ça les connaît.

— Je n'ai jamais rien vu de pareil ! dit Celia.

Ike haussa les épaules.

— Je pourrais les dresser, si je voulais. Dans le Nord, j'ai vu des saumons qui vous suivent comme un chien. Ils jappent et ils aboient quand ils vous voient arriver. S'ils avaient des jambes, ils vous suivraient sur la rive. De vrais petits animaux domestiques, si on se donne un peu de mal avec eux.

Il redémarra son moteur, tourna la barre et retourna le long du ponton, où il s'amarra.

— Vous ne vous sentez pas un peu seul, ici ? demanda Celia.

Ike se caressa la barbe.

— Ma foi, j'ai mes chiens. Bon, bien sûr, ils peuvent pas faire cuire mes haricots ou couper du bois... Je me suis dit que je devrais peut-être me trouver une femme. Une femme dure à la besogne, avec un peu de chair sur les os. Les maigrichonnes, elles ont toujours les pieds froids.

— Une femme ne se plairait peut-être pas ici, suggéra Celia en contemplant la barbe d'Ike, son maillot de corps marronnasse et le filet de jus de chique au coin de ses lèvres. Et une femme pourrait vous obliger à faire des choses – comme vous raser, installer une salle de bain, brûler tous vos vieux vêtements.

— Pas du tout, grommela Ike. La femme que je me trouverai, elle sera pas le patron. Si elle dit un mot plus haut que l'autre, elle y réfléchira à deux fois avant de recommencer.

Milo éclata de rire.

— Elle décidera peut-être de vous quitter.

— Ha ! ha ! s'esclaffa Ike. Jamais de la vie ! Quand je me trouve une femme, elle reste. Vous n'arriveriez pas à la faire partir même avec un harpon !

Celia réprima un sourire.

— Eh bien, j'espère que quand vous trouverez la femme qui vous plaît, vous arriverez à la convaincre de venir habiter ici.

— Aucun problème de ce côté-là, dit Ike. Ça, c'est ce qu'il y a de plus facile. (Il examina attentivement Celia.) Maintenant que j'y pense, dit-il, vous m'avez l'air d'une bonne travailleuse. Ça vous dirait peut-être d'emménager ici ?

— Non, je ne crois pas, dit Celia en prenant la main de Milo.

— Ma foi, dit Ike, ça ne marche pas à tous les coups. Cela dit, si vous aviez juste un tout petit peu plus de chair sur les os, je m'y mettrais peut-être... (il fit un grand clin d'œil)... et avant longtemps, vous me suivriez partout. (Il cracha d'un air songeur.) Mais je crois que je vais attendre encore un peu, pour me trouver quelque chose qui soit plus dans le genre que je cherche.

— Au fond, dit Celia d'une voix tremblante, je crois que c'est aussi bien.

— Si vous le dites. (Ike se retourna.) Bon, faut que j'aille donner à manger aux chiens.

— Quand est-ce que vous allez chercher vos baleines ? demanda Milo.

Ike fixa sur lui deux yeux jaune foncé.

— Qu'est-ce que ça peut te faire, fiston ?

— Rien du tout, dit Milo en rougissant. Simple curiosité.

— Peut-être demain, ou après-demain – quand les choses se présenteront comme il faut, dit Ike en s'éloignant.

— Au revoir, dit Celia.

— À plus tard, dit Milo.

Ike leur fit un signe de la main et alla rejoindre ses chiens.

CHAPITRE VII

L'Hôtel de l'Île aux Oiseaux fut rouvert au public, et un grand banquet fut organisé pour fêter l'occasion. Fougasse insista pour que ce soit un dîner de dix plats, en déclarant que s'en tenir à moins d'élégance serait non seulement une insulte faite à Coves, à l'Hôtel de l'Île aux Oiseaux et à sa propre réputation professionnelle, mais constituerait également pour lui une profonde blessure d'amour-propre. « Pour un déjeuner de chasse, monsieur, oui, s'écria-t-il avec une grande agitation. Pour un buffet, un pique-nique, un certain manque de raffinement est admissible. Mais pour un grand dîner en habit – quand il est organisé par Fougasse –, la correction est *de rigueur, cela s'entend*, et toutes les autres possibilités doivent aussitôt être éliminées. Réfléchissez, monsieur Coves, serviriez-vous des portions de fourrage à vos invités ? Non ? Du gruau d'avoine ? Non ? Des sardines en boîte ? Non ? Alors, en toute logique, monsieur, pourquoi ne pas viser la perfection ? »

Coves n'eut pas d'autre choix que d'acquiescer, bien qu'il n'eût pas envisagé au départ un banquet aussi élaboré. Mais progressivement, il absorba une partie de l'enthousiasme de Fougasse, et celui-ci, en se tapotant les dents du bout de son crayon tout en faisant les cent pas dans la cuisine, lui exposa ses plans tandis que Coves hochait sagement la tête.

— Pour l'excellent dîner, expliqua Fougasse, je dois dire, monsieur, qu'il est nécessaire de concevoir avec la subtilité de l'artiste. Rien ne doit être omis, et toute déviation par rapport aux préceptes des maîtres ne peut conduire qu'au ridicule et à la *gaucherie*. Ainsi donc, monsieur Coves, venons-en au problème. Nous avons le chef, nous avons l'occasion, nous avons les victuailles. Monsieur Coves, en tant qu'homme aux goûts raffinés, quelles sont vos idées concernant ce dîner ?

Coves se frotta le menton.

— Eh bien, pour commencer, nous devrions avoir une soupe…

— Exactement ! s'exclama Fougasse. Précédée – comme vous dites – d'une huître ou deux. Maintenant, pour la trame que j'ai en tête, la soupe, monsieur Coves, devrait être une habile *Julienne Faubonne*. Vous êtes familier avec cette préparation ? Non ? *N'importe*, votre assistance ne sera pas requise. Nous choisirons donc pour la circonstance cette excellente julienne, accompagnée d'une garniture de quenelles. Êtes-vous d'accord, monsieur Coves ?

— Je suis certain que ce sera très bien, monsieur Fougasse.

— Telle est donc notre décision, dit Fougasse en se tapotant les dents. (Il enchaîna abruptement :) Au travail ! Il reste beaucoup à faire. Vous avez décidé avec beaucoup de sagesse. Caneton *à la bourguignonne* ce sera, avec un bon bourgogne rouge. Nous pourrions servir un volnay, ou un autre côte-de-beaune. Ensuite, un peu de fromage, une bouchée de pomme, une nectarine, un raisin… Café et alcools… Monsieur Coves, ce serait une bonne chose d'inspecter votre cave concernant les vins, cordiaux et liqueurs nécessaires.

Coves se gratta timidement la joue.

— Eh bien, monsieur Fougasse… tout le stock du bar se trouve dans ce placard – whisky, gin, cognac – ce genre de choses. J'ai peut-être négligé les vins et les liqueurs…

— *Ciel !* s'exclama Fougasse. Et il faut créer un banquet ? Monsieur Coves, nous devons immédiatement faire l'inventaire et nous préparer au pire !

Il traversa le hall à grandes enjambées et entra dans le bar, où un barman, petit et âgé, avec une perruque couleur de sable, était en train de déballer des verres d'un carton et de les aligner sur les étagères.

— Je crois qu'il y a une facture, dit Coves d'une voix faible. Vous pourrez l'examiner… Ah, la voilà.

Fougasse s'empara du papier. Il balaya rapidement la liste des articles, avec un rictus de mépris.

— Peuh ! (Il jeta un coup d'œil à Coves et au barman apeuré.) Les rudiments les plus élémentaires, l'inadéquation complète ! Comment servir un seul repas ? Monsieur Coves, c'est risible. Nous devons remédier à cette situation en toute hâte... Je vais simplement indiquer le minimum requis pour une cuisine civilisée.

Il prit un bout de papier et se mit à griffonner plus vite qu'il ne parlait :

— Pour les liqueurs : Crème de noyaux, prunelle, crème de menthe...

— Nous avons de la crème de menthe, intervint Coves.

— ... Crème Yvette, kummel, Danziger Goldwasser, kirsch, curaçao, maraschino, Bénédictine, Chartreuse...

— Il y a aussi de la Chartreuse, s'empressa de dire Coves.

À cette deuxième interruption, Fougasse leva lentement les yeux.

— Vous prétendez avoir de la Chartreuse sur les lieux, monsieur Coves ?

Coves, qui n'avait pas perçu l'éclat métallique des yeux noirs de Fougasse, se tourna vers le barman.

— Ernest, passez-moi la Chartreuse.

Le barman posa sur le comptoir une petite bouteille. Fougasse s'en empara et lut l'étiquette bleue, rouge et blanche : « Chartreuse du Vieux Paragon ».

Il répéta les mots lentement, à voix haute, comme s'il appréciait le rythme des syllabes :

— Chartreuse... du Vieux... Paragon.

Il fit signe au barman :

— Un verre.

Il s'en versa un doigt et porta le verre à ses lèvres pour le goûter.

— Monsieur Coves, dit enfin Fougasse d'une voix douce, vous avez été trompé, berné et escroqué. Je vous encourage fortement à traîner devant les tribunaux ce méprisable marchand de vins, pour l'abus de confiance le plus corrompu et flagrant que j'aie jamais vu. (Il ajouta une note à sa liste.) Cela suffira, jusqu'à ce que nous soyons à même de progresser vers une sélection plus étendue.

Coves prit la liste, et regarda Fougasse avec consternation.

— C'est ce que vous voulez ? Vous voulez *tous* ces vins ?

Fougasse confirma d'un geste éloquent.

— Mais la dépense ! gémit Coves. Il y en a déjà pour mille dollars de vin, là-dedans, si j'achète seulement deux bouteilles de chaque !

Fougasse haussa les épaules.

— Un homme employé à distribuer le courrier ne renâcle pas devant le prix des chaussures.

— Très bien, dit Coves d'un air résigné. Je vais les commander. En insistant, je pense que je devrais les recevoir demain.

— C'est presque trop tard, soupira Fougasse. Un vin devrait rester bien tranquille après un voyage, au moins un mois. Mais nous allons devoir gérer la situation du mieux que nous pourrons.

C'est alors que Coves fut appelé dans le hall. Fougasse, avec un dernier regard par-dessus son épaule vers la bouteille de Chartreuse du Vieux Paragon, retourna dans son domaine.

* * *

Le banquet, quand il eut enfin lieu, se révéla un immense succès, et Coves reçut de nombreux compliments – certains venant de personnes dont les opinions étaient respectées. Le neveu de Coves travaillait dans une agence de voyages, et c'est ainsi qu'il avait pu lui adresser un bon nombre d'invités d'une grande distinction, parmi lesquels figuraient : Mr James Colin Boyd, le philanthrope excentrique ; Mr Cecil Lissacutt, le joueur de polo de réputation internationale ; Mrs Winslow Denstrie Sipe, qui se reposait à l'Hôtel de l'Île aux Oiseaux après sa séparation d'avec Edward Sipe, le fabricant de tapis de bain. Était également présente la vieille et irascible Mrs Pedro Charmington, avec son tout aussi âgé et non moins irascible perroquet. Il y avait aussi Mr Craintree Bezemer, l'explorateur mondain, et le « tempétueux pétrel de la prédication », le Révérend Anthony Dowbrett. Et Coves, en observant l'enthousiasme avec lequel étaient accueillies les créations de Monsieur Fougasse, considérait que la dépense pour les vins et liqueurs n'avait pas été futile.

Après le banquet, tandis que les convives sirotaient encore leur café, entra dans le hall un homme vêtu d'un costume roux tout à fait frappant. Il avait un large visage avec un nez cassé et une mâchoire agressive. Il tenait à la main un petit sac de voyage en cuir qu'il posa brusquement sur le comptoir de la réception.

— Je veux une chambre, dit le nouveau venu.

— Eh bien, dit prudemment Coves, j'ai bien peur que l'hôtel ne soit complet. Si vous aviez téléphoné pour une réservation…

L'homme approcha son nez presque en contact avec celui de Coves.

— Bon, fit-il, maintenant, écoutez-moi bien…

C'est l'instant que Rexie le chat choisit pour passer entre eux sur le comptoir, et sa longue queue dressée traversa l'espace entre les deux nez.

— Fiche-moi la paix, sale bestiole ! rugit le nouveau venu en donnant une bonne tape sur le postérieur de Rexie, qui sauta à terre avec un miaulement indigné.

— Holà, holà ! s'écria Coves. Je vous interdis de toucher à ce chat ! Je vais vous faire arrêter !

— Bouclez-la et donnez-moi une chambre, rétorqua l'homme, ou sinon, j'appelle le patron et je vous fais virer.

— Il se trouve que je suis le propriétaire ! hurla Coves. Allez-vous-en d'ici…

Mrs Pedro Charmington fit son entrée dan le hall, en suçotant les dernières traces de son caneton *bourguignonne* de la partie inférieure de son dentier. Elle était accompagnée de Mr James Colin Boyce.

Le nouveau venu regarda Coves en riant.

— Qu'est-ce que vous diriez si je faisais faire le poirier à ce gros tas de lard ?

— Je vous ferais mettre en prison ! s'exclama Coves.

— Les flics sont loin d'ici, répliqua son adversaire. Le temps qu'ils arrivent, je pourrais flanquer un coup de poing dans le nez de tout le monde, plonger le cuisinier dans son eau de vaisselle, lancer le chat après le perroquet de la vieille, et… vous voyez cette belle nana qui se glisse dans la pièce comme un serpent bien huilé ? (Il faisait référence à l'élégante Mrs Winslow Denstrie Sipe.) Vous savez ce que je lui ferais, à elle ?

— Oh ! gémit Coves. Si vous ne partez pas tout de suite, je vais…

— Bon, OK, fit l'homme en redressant les épaules. Vous l'aurez voulu !

Il se dirigea d'un pas déterminé vers Mrs Charmington, qui montrait à Mr Boyce la dentelle de son nouveau châle.

— Attendez ! cria Coves. Revenez ! (L'homme s'arrêta.) Je crois… Je pense qu'il reste une chambre de libre… Vous pouvez l'avoir pour cette nuit.

L'homme grimaça un sourire.

— Je savais bien qu'on s'arrangerait…

— Signez ici, dit Coves. Ce sera dix dollars.

L'homme signa. Coves se pencha pour lire la fiche : « Joe Connolly ».

— L'adresse, s'il vous plaît, dit-il froidement.

Avec un sourire sardonique, Tiger Joe Connolly inscrivit : « San Quentin, Californie ».

— Ah, mon Dieu… fit Coves. Eh bien, heu… ce sera dix dollars, s'il vous plaît.

Tiger Joe prit sa mallette de voyage.

— Vous avez un problème ? dit-il. Est-ce que j'ai l'air d'un gars qui part sans payer sa note ?

Coves jeta un coup d'œil à la mallette en cuir. Il appuya sur le bouton de sonnette.

— Réception ! (Le groom apparut.) Sam, conduis Mr – Mr Connolly à la chambre 243.

— Et faites-moi monter une bouteille d'Old Crow, lança Tiger Joe par-dessus son épaule. Mettez-la sur ma note.

CHAPITRE VIII

Le lendemain matin, Tiger Joe Connolly se réveilla à dix heures et demie. Il étira ses bras puissamment musclés, bâilla à s'en décrocher la mâchoire, grogna et se hissa hors du lit. Sa toilette fut sommaire mais efficace. En cinq minutes, il fut prêt à affronter le monde.

Coves était occupé à la réception, avec Rexie à côté de lui en train de se lécher les pattes, quand Tiger Joe descendit bruyamment les marches. Coves jeta un rapide coup d'œil entendu vers un homme qui fumait son cigare un peu plus loin, et s'éclaircit résolument la gorge.

— Mr Connolly ?

Tiger Joe se tourna vers Coves.

— Ouais, qu'est-ce qu'il y a ?

— J'ai ici votre note, dit Coves. Je suis au regret de vous informer que j'ai besoin de votre chambre.

Tiger Joe s'approcha du comptoir d'un air menaçant. Rexie interrompit sa toilette.

Coves, en vacillant légèrement, tendit la facture.

— Votre… votre note, monsieur.

Tiger Joe lui arracha le papier des mains et en fit une boulette.

— Bon, dit-il, maintenant, vous savez ce que je vais en faire, de cette note ? Je vais vous la…

Rexie sauta prestement sur la boîte aux lettres, et là – en repliant sa queue bien en sécurité entre ses pattes arrière –, il se remit à sa toilette tout en jetant un coup d'œil occasionnel à Tiger Joe.

L'homme au cigare – un individu à la carrure impressionnante – s'approcha de Tiger Joe.

— Alors, mon gars, dit-il, y a un problème ?

Sa voix évoquait un cheval avançant au milieu d'un champ de maïs desséché.

Tiger Joe fit un rictus. L'homme écarta le pan de sa veste, laissant entrevoir l'éclat brillant d'un objet en nickel poli.

— Voici Mr Turk, le détective de l'hôtel, dit Coves. Mr Turk, je vous présente Mr Connolly.

— Bon, maintenant, mon pote, dit Mr Turk de sa voix rauque, y a plus qu'à payer la note.

Et il glissa la main sous sa veste en un geste suggestif.

Tiger Joe voûta légèrement les épaules.

— Mais… je ne prévoyais pas de partir avant un moment.

— Tu as entendu ce que Mr Coves a dit. Alors maintenant, tu raques et tu te tires. Ici, c'est pas un endroit pour les malfrats.

— Mais… j'ai pas de fric sur moi, protesta Tiger Joe. Je suis sur un coup, et là, je serai plein aux as, mais en attendant… (il se tourna vers Coves en rassemblant tous ses pouvoirs de persuasion)… vous pourrez peut-être me trouver une chambre ?

— Vous n'êtes pas tout à fait dans la classe de clientèle que je recherche, dit Coves.

— Oh, mais hier soir, c'était juste pour blaguer, dit Tiger Joe.

— Je ne suis pas snob, Mr Connolly, mais vous avez tendance à rabaisser le niveau de l'établissement… Ce costume fripé, taché…

— J'en ai un autre, s'empressa de préciser Tiger Joe.

— … ces chaussures jaunes, poursuivit Coves en faisant la grimace. Cette cravate…

— Je remonte dans ma chambre et je vais me changer, proposa Tiger Joe. J'ai une jolie cravate, verte avec des flèches jaunes.

— Eh bien, dit Coves, vos manières sont déplaisantes, ainsi que votre… hem, choix de vocabulaire. (Il jeta un coup d'œil à Rexie, qui regardait fixement Tiger Joe de ses yeux d'ambre.) Vous avez même choqué Rexie.

— Heu… là, je l'ai pas fait exprès.

— N'allez pas croire que Rexie n'ait pas de sensibilité comme tout un chacun. Il en a, croyez-moi.

Mr Turk s'éclaircit la gorge.

— Flanquez ce bon à rien dehors, Mr Coves, et…

— Oh, fit Tiger Joe, il s'appelle Rexie ? Ah, bon sang, ce chat a vraiment l'air intelligent ! Vous savez, je suis franchement désolé si je lui ai fait peur. Je ne pensais pas à mal, bien sûr. *Tssk, tssk, tssk*… hein, Rexie ? Comment va, mon garçon ? (Il se tourna vers Coves.) Oui, c'est vraiment un chat magnifique. Et d'une jolie couleur, en plus. Je m'y connais pas beaucoup là-dedans, mais je dirais que ce chat a une couleur… un poème de couleur, voilà !

Coves regarda affectueusement Rexie, qui semblait perplexe.

— Oui, je le trouve assez beau. Il a un corps bien formé – une très jolie tête.

— Je parie que sa fourrure est aussi douce que… que douce ! s'émerveilla Tiger Joe. Regardez-moi ça comme elle brille !

Mr Turk prit un air dégoûté et se laissa tomber dans un fauteuil, d'où il observa avec morosité Coves et Tiger Joe discutant de Rexie. Et pendant ce temps, Rexie se pavanait et prenait des poses juché sur la boîte aux lettres.

Tiger regarda sa note, qu'il avait dépliée et lissée.

— Ma foi, dit-il en soupirant tristement, si vous voulez que je m'en aille… alors, je vais m'en aller, bien sûr. Mais si vous pouviez me trouver une chambre quelque part – n'importe où, devant, derrière –, je vous serais drôlement reconnaissant. Et ce soir, j'aurai un peu d'argent.

— Eh bien… (Coves hésita un instant.) Bon, d'accord, Mr Connolly. Mais vous comprenez bien que nous ne tolérerons aucun comportement turbulent – et ces chaussures jaunes…

— Je vais tout de suite me changer, dit Tiger Joe.

Et il remonta rapidement dans sa chambre.

Mr Turk rejoignit Coves.

— Il va rester ?

Coves feuilleta distraitement son registre.

— Oui. Je vais lui donner une deuxième chance. Mais à la moindre irrégularité, il devra s'en aller.

Mr Turk haussa les épaules et balaya le hall du regard. Il était juste arrivé le matin même, en réponse à la demande urgente de Coves qui avait contacté l'agence pour l'emploi, et l'hôtel était encore tout nouveau pour lui.

— Bien sûr, dit-il, si c'était moi, je ne laisserais pas envahir un bel endroit comme ça par des truands.

— Ah, ma foi… fit Coves.

D'un pas tranquille, Mr Turk sortit sur la terrasse. Mrs Winslow Denstrie Sipe, élégante et *soignée*, entra dans le hall au bras de Mr Cecil Lissacutt, et Coves les rejoignit en trottinant pour leur demander si tout se passait à leur satisfaction.

* * *

Dans la chambre 243, Tiger Joe ôta ses chaussures jaunes en maudissant Coves, Mr Turk, Rexie le chat et Mrs Charmington pratiquement dans un même souffle. Il retira également son costume roussâtre et sa cravate rouge, et remplaça le tout par des chaussures noires, un costume foncé et la cravate verte avec des flèches jaunes – un ensemble qu'il détestait profondément. En fait, c'était la tenue qu'on lui avait remise à sa sortie de prison. Il se donna un petit coup de brosse dans ses cheveux clairsemés, regarda d'un air furieux son reflet dans la glace, ouvrit brutalement la porte et sortit dans le couloir en fulminant

Mais c'est un Tiger Joe très humble qui descendit l'escalier, un Tiger Joe convenablement chaussé et vêtu, un Tiger Joe qui salua poliment Coves et s'arrêta un instant pour caresser Rexie avant de sortir de l'hôtel et de s'engager sur la plage.

Il escalada péniblement la colline jusqu'à la crête de Milo, puis il tourna pour se diriger vers le centre de l'île. Il atteignit bientôt la limite des arbres et continua d'avancer dans une agréable lumière prismatique verte, au milieu de senteurs de baumiers et de sève, avec parfois des sifflements d'oiseaux. Mais les pensées de Tiger Joe étaient bien loin de tout cela, et le paysage n'avait aucun impact sur ses sens.

Il traversa le plateau au sommet de la montagne et commença la descente sur l'autre versant. Dix minutes plus tard, il se trouva devant la maison de Mortimer Archer.

La porte était fermée à clé. Il frappa, et entendit à l'intérieur des bruits de pas qui s'approchaient. Un petit judas s'ouvrit, un œil marron l'examina… dont la paupière battit.

— OK, l'Anguille, fit Tiger Joe. Ouvre la lourde.

Le judas se referma. Tiger Joe frappa de nouveau, puis il martela le battant à coups de poing. La poignée tourna et la porte s'ouvrit.

— Entre, Joe, entre donc ! dit Archer avec cordialité. Ça fait plaisir de te voir. Comment as-tu réussi à me trouver ?

Tiger Joe fit rapidement un pas vers lui, et Archer essaya de sauter en arrière. Tiger Joe l'agrippa et lui tordit un bras dans le dos, tandis que de l'autre main, il retirait le petit revolver qu'Archer avait dans la poche de sa robe de chambre.

Archer se rajusta et se passa la langue sur les lèvres.

— Qu'est-ce que tu veux ? dit-il. Quand est-ce que tu...

Il s'interrompit.

— Quand est-ce que je suis sorti ? ricana Tiger Joe. Oh, il y a un petit moment, l'Anguille. Il m'a fallu un peu de temps pour te retrouver, mais j'y suis arrivé... Tu as de la bière au frais ? Ça m'a donné chaud, de venir ici.

Archer se rendit dans la cuisine en mâchouillant son élégante moustache. Tiger Joe le suivit et s'arrêta sur le seuil, tandis qu'Archer sortait la bière du réfrigérateur. Il laissa Archer le précéder pour retourner dans le salon.

— C'est pas mal du tout, chez toi, dit Tiger Joe.

D'un air méprisant, il prit sur la table basse un numéro de *Town and Country* qu'il feuilleta rapidement avant de le jeter sur table, renversant un petit mandarin en porcelaine. Archer haussa les sourcils en grimaçant. Tiger Joe traversa la pièce et, par une porte entrebâillée, jeta un coup d'œil dans le studio photographique.

— Toujours dans ton vieux racket, hein ? dit-il avec jovialité.

Archer but une gorgée de bière.

— Qu'est-ce que tu veux ?

Le rictus sarcastique de Tiger Joe s'accentua.

— Qui est-ce qui a fait de la taule ? Moi. Qui est-ce qui a pris du bon temps avec le butin ? Toi. Alors, je me suis dit que j'avais bien droit à une compensation.

Archer haussa les épaules.

— On courait tous les mêmes risques. Tu n'as pas eu de chance. Ça ne te donne aucun droit sur moi.

— Même pas pour ma part dans le coup ?

— L'eau a coulé sous les ponts depuis tout ce temps, dit Archer. Il fallait bien que je vive. Toi, tu étais logé et nourri gratis – pas moi.

Tiger Joe regarda fixement Archer pendant quelques secondes, puis il but une grande gorgée de bière.

— Je dois reconnaître une chose, l'Anguille, c'est que tu as toujours un sacré culot.

Archer se contenta de hausser les épaules.

— Comment ça se fait que tu t'es installé ici ? demanda Tiger Joe d'un air dégagé.

Archer fit un geste vague.

— J'ai eu le terrain pour un prix correct. C'est un endroit très tranquille, idéal pour les petites activités que je pourrais avoir en tête.

— C'est tout ? Tu ne serais pas en train de me prendre pour un imbécile, dis-moi, l'Anguille ?

Archer se leva et arbora une expression de candeur amusée.

— Ma foi, Joe, je vais être parfaitement honnête avec toi. Tu te souviens de Big Ben Manzio ?

— Bien sûr que je me souviens de Big Ben Manzio.

— J'ai entendu dire que c'était son île, et qu'il y a laissé un beau magot planqué quelque part.

Tiger Joe ricana.

— Tu espères me faire gober ça, l'Anguille ?

Archer haussa les épaules.

— Crois ce que tu voudras.

— C'est exactement ce que je fais, dit Tiger Joe en se détendant dans son fauteuil. Nous voilà redevenus associés, l'Anguille. Tu me dois un bon paquet. Je pourrais me payer en te tannant le cuir, et c'est peut-être ce que je ferai. Mais je préfère me servir dans ton portefeuille. Si tu cherches le magot de Big Ben, on va le chercher ensemble. Si c'est autre chose – eh bien, si c'est autre chose, on fait fifty-fifty.

— Attends un peu, là, protesta Archer. Ces trucs-là, c'est fini. J'ai laissé de côté toutes mes vieilles associations, et tu fais partie du lot. Où Manzio a pu cacher son butin, je n'en ai aucune idée. Si tu arrives à le trouver, je te le laisse bien volontiers, mais il faudra que tu le fasses tout seul. Moi, je me suis construit une couverture, ici, et je n'ai pas envie que tu la fiches en l'air. Je ne tolérerai pas…

— Hé, l'Anguille, dit Joe, va me chercher une autre bière.

Archer croisa son regard, et les mots qu'il allait prononcer lui restèrent au fond de la gorge.

— C'est toi qui gères l'affaire, l'Anguille. C'est toi le patron – parce que je ne sais pas ce que tu fricotes, mais je suis sûr que ça te rapporte gros. Non, les idées, c'est ton truc. Et le financement aussi. Moi, mon boulot, ce sera d'empocher.

Il y eut un long silence.

— Ma foi, dit enfin Archer d'une voix légèrement différente, tu me tiens, et je ne peux pas discuter avec toi. En fait, je pourrais avoir besoin de ton aide.

— C'est bien, l'Anguille, tu deviens raisonnable.

Archer examina la forme massive de son nouvel associé.

— Tu es peut-être même exactement ce qu'il faut.

— Ça consiste en quoi, ton truc ?

— Bon, fit Archer, je vais t'expliquer. J'ai des amis qui transportaient des paquets depuis le Mexique. Surtout de l'héroïne. Ça s'est assez mal passé. Les flics ont bouclé la frontière, et il y a un mois, on a perdu toute la cargaison d'un avion qui a été forcé d'atterrir au-dessus de l'Arizona. On a perdu pour trois cent mille dollars de came, sans compter l'appareil… Bon, toujours est-il que j'ai appris quelque chose d'intéressant à propos de cette Île aux Oiseaux. Apparemment, tout le bois mort et les déchets qui flottent sur l'océan finissent par se retrouver sur la plage. C'est une histoire de courants, quelque chose comme ça.

— Ah, fit Tiger Joe, je crois que je commence à comprendre…

— J'ai fait quelques tests. J'ai numéroté des bouteilles, je suis parti au large et je les ai jetées à différents endroits, en les notant soigneusement sur une carte. Ensuite, j'ai attendu que les bouteilles s'échouent sur la plage, et maintenant, j'ai une très bonne idée de ce qui se passe quand on jette quelque chose à la mer.

— Ça me paraît bien, dit Tiger Joe. Tu comptes utiliser un avion, ou un bateau ?

— L'un ou l'autre, ce qui marchera le mieux. On ira prendre la marchandise au Mexique, à Panama, en Amérique du Sud – peu importe. On la transportera jusqu'à la zone que j'ai repérée et on la larguera. Et les courants feront le reste.

Tiger Joe but sa bière d'un air pensif.

— Bon, bien sûr, il y a l'hôtel juste le long de la plage. Quelqu'un d'autre pourrait trouver la came.

Archer éclata de rire.

— C'est tout le problème. On va devoir prendre le contrôle de l'île.

— Ah ouais ? Comment ça ?

Archer se leva et se mit à faire les cent pas.

— Il faut qu'on fasse peur aux habitants, qu'on les paye pour partir, ou qu'on fasse en sorte que ça leur coûte trop cher de rester. Mais de toute façon, il faut se débrouiller pour ne pas éveiller les soupçons, et que la police ne vienne pas y fourrer son nez. En d'autres termes, nous ne pouvons pas simplement liquider tout le monde. Prends Coves, par exemple. Chaque dollar sur lequel il a réussi à mettre la main, il l'a englouti dans son hôtel. S'il est obligé de dépenser un sou de plus, ou si la saison est mauvaise, il n'arrivera pas à joindre les deux bouts. Il sera ruiné, et on pourra le racheter pour une bouchée de pain. Et Green, là-haut, sur la colline. Il travaille comme un fou pour rembourser sa maison. Lui, ce sera facile. Il y a aussi un vieux fou, un trappeur de l'Alaska qui veut faire un truc avec des baleines. Je ne sais pas encore comment m'y prendre, avec celui-là. Et puis il y a Ottenbright, mon voisin. On pourrait peut-être lui faire un coup monté, une histoire de scandale. Et puis il y a le pensionnat de jeunes filles…

— Ha ! fit Tiger Joe avec un lueur dans les yeux. Ça, c'est mon rayon.

Archer secoua la tête.

— Il faut y aller très prudemment, Joe. Pas de violence. Il ne faudrait pas que les gens se mettent à en parler.

Tiger Joe dit d'un air de regret :

— Tu as des idées ?

— Des tas. (Archer se pencha vers lui.) Maintenant, écoute bien…

CHAPITRE IX

À huit heures du matin, sous un beau soleil lumineux, Milo – vêtu d'un short beige et bottes militaires aux pieds – travaillait à sa route sur la crête : il creusait, grattait, compactait et nivelait.

Juste devant lui, une arête de quartzite barrait le chemin, et Milo réfléchissait à la meilleure méthode pour vaincre l'obstacle. Devrait-il combler de chaque côté et créer ainsi une bosse sur la route ? Ou faire sauter la barrière avec de la dynamite ? Cette roche céderait peut-être sous les coups de pioche et de masse. Il donna quelques coups, histoire de tester, puis il recula pour examiner le terrain. Mais il n'y avait aucune possibilité pratique de contourner l'obstacle. En cet endroit, la crête tombait à pic de chaque côté. Milo haussa les épaules. Tant pis, il y aurait donc un dos d'âne sur la route… Il posa sa pelle par terre, s'essuya les mains sur son short et retourna vers sa maison. Après le petit déjeuner, il s'installerait sur la terrasse avec des crayons fraîchement taillés, des feuilles de papier, un dictionnaire de rimes, et il travaillerait jusqu'à midi. Il n'avait pas abandonné sa ballade, mais les vers pour les cartes de vœux lui rapportaient au moins de quoi s'acheter des provisions, et l'aideraient peut-être même à payer en partie les remboursements d'emprunt.

À l'Académie de Miss Pickett, les jeunes filles sortirent en rang du réfectoire, bien propres, bien vêtues et en pleine forme. Plusieurs d'entre elles, dont Madeline Cheabrough, arboraient une moue boudeuse. Miss Pickett avait interdit le rouge à lèvres, le vernis à ongles, les disques de bop, l'argot de jazz et le cha-cha-cha.

Celia donnait son cours d'histoire de la musique et affrontait avec une grande dignité un groupe d'élèves qui n'avaient guère que deux ou trois ans de moins qu'elle, en faisant semblant d'être aussi sévère que sa tante indomptable. Jusqu'à présent, personne n'avait encore osé la défier.

Ike se leva de sa couchette à 6 heures, s'étira, bâilla, rota et enfila un pantalon de velours marron sur son caleçon long. Il mit ses chaussures, ranima le fourneau et mit de l'eau à bouillir pour son café.

Le soleil levant entra par la fenêtre, et Ike alla jeter un coup d'œil à l'océan. Il cligna des yeux et hocha pensivement la tête en se grattant la barbe. Il enfila sa grosse veste écossaise et sortit pour s'occuper de ses chiens. Il leur donna à manger, remplit leurs écuelles d'eau et passa un onguent contre la gale sur le dos de Jupe. Après s'être essuyé les doigts sur un morceau de toile, il retourna dans sa cabane et prit son petit déjeuner, en se disant qu'une femme le débarrasserait de cette corvée des soins pour ses chiens, sans compter diverses autres tâches domestiques.

À 7 heures, il descendit jusqu'au ponton où sa vedette se balançait doucement sur les vagues. Il embarqua deux bidons de vingt litres d'essence ainsi que quelques seaux remplis d'un liquide visqueux. Il lança son moteur et s'éloigna à travers la crique. Il franchit le vantail de la barrière, qu'il prit soin de laisser largement ouvert, et partit vers le large.

C'était une belle journée ensoleillée, et le moteur fonctionnait comme une horloge suisse. Ike éprouva une soudaine envie de musique. Il commença par fredonner, puis il se lança à pleins poumons dans une chanson – un vieux chant de cérémonie de l'obscure tribu des Bakulchuks. C'était celui qu'il avait coutume de chanter quand il rentrait chez lui après avoir troqué des fourrures contre une nouvelle squaw et du whiskey.

La vedette devint un point à l'horizon, puis elle disparut.

Quatre ou cinq heures plus tard, le point noir réapparut. Cette fois, il était suivi d'autres formes noires, treize en tout. Ike se tenait à l'arrière de son bateau et versait régulièrement dans le sillage une louche de son liquide visqueux. Soufflant et battant les flots de leurs puissantes queues, les baleines suivaient, comme attirées par une force invisible.

L'Île aux Oiseaux approcha, avec le grand demi-cercle de pilots droit devant. Le vantail était ouvert. Ike franchit la barrière, et les baleines firent de même.

Ike referma le vantail et accosta le long du ponton. Pendant une heure, il observa les baleines qui s'attaquaient furieusement à l'enclos et aux pilots qui les retenaient prisonnières. Elles finirent par se calmer, et flottèrent simplement à la surface en donnant de temps en temps un coup de leur nageoire caudale.

Ike poussa un soupir.

— Treize baleines. Je n'ai jamais récupéré autant de viande d'un seul coup. Et maintenant, tout ce que j'ai à faire, c'est empêcher qu'elles attrapent des parasites.

* * *

Rexie était assis sur le comptoir à côté de la caisse enregistreuse, tandis que Coves faisait ses comptes.

Une silhouette massive apparut soudain devant eux : Tiger Joe Connolly. Rexie rabattit ses oreilles sur son crâne et recula contre le mur en crachant de défi. Tiger Joe se pencha au-dessus de lui.

— Comment va mon beau minet, aujourd'hui ? dit-il en tendant la main pour lui caresser la tête. Joli minet, gentil minet. C'est vraiment un chat magnifique, Mr Coves. Je voudrais presque qu'il soit à moi.

Un sourire indulgent effleura les lèvres de Mr Coves.

— Oui, Rexie est vraiment un beau chat.

Rexie se détendit un peu.

Tiger Joe aperçut Mrs Pedro Charmington qui traversait le hall à petits pas hésitants, et il se précipita pour lui offrir son bras. Coves nota que Tiger Joe était presque correctement habillé. Il portait un nouveau costume de tweed à chevrons, des chaussures bicolores, une chemise de sport bleue avec des pointes de col de la taille et de la forme d'ailes de faucon.

Fougasse apparut à côté de Coves, tirant derrière lui un Mario à l'air maussade.

— Mr Coves, je dois vous prier de ne pas vous mêler des affaires de la cuisine ! Ce soir, la pâte de brioche doit être exécutée, et ce bouffon m'informe que vous l'avez autorisé à prendre sa soirée !

Coves regarda les deux hommes.

— Ma foi, je lui ai dit que c'était d'accord pour moi si vous lui donniez la permission.

— Et je vous l'ai demandée ! dit précipitamment Mario. C'était ce matin – et vous avez dit oui, oui, tout ce que je voulais, du moment que j'arrivais à casser les œufs sans brouiller les jaunes. Des œufs Monaco, c'était…

Fougasse se mit à faire les cents pas dans le hall.

— C'est impensable ! Avec la pâte de brioche à préparer ? Qui va la pétrir, alors ? Charles ? Il est occupé avec les rissoles de foie gras. Moi ? Mr Coves ? Ça n'est pas moins impossible. Monsieur Mario, je ne peux pas le tolérer. La brioche doit se faire !

Mario haussa les épaules d'un air désespéré et retourna à la cuisine. Fougasse soupira.

— Ah, celui-là, la folie est dans sa nature… Vous ne savez pas la dernière ? Des clous de girofle dans le poulet à la portugaise ! Je dois surveiller le moindre de ses gestes.

Coves secoua la tête avec commisération.

— Autre chose, monsieur Coves. Où sont les ortolans ? Je les ai commandés avant-hier, et ils ne sont toujours pas arrivés. Que voulez-vous que je fasse ? conclut Fougasse en écartant les mains de façon expressive.

En fait, ayant découvert le prix d'un ortolan de cinquante grammes et craignant un gâchis si le plat ne plaisait pas aux clients, Coves avait supprimé la ligne de sa liste de commandes.

— Peut-être pourrions-nous avoir quelques bons pigeonneaux à la place ? suggéra-t-il plein d'espoir. Je ne crois vraiment pas que les ortolans soient une bonne idée. Ils coûtent si cher – et ils pourraient nous rester sur les bras.

— Nous rester sur les bras ? s'esclaffa Fougasse. Absurde ! Si personne d'autre n'en veut, moi, Fougasse, je les mangerai tous jusqu'au dernier ! (Il se frotta les tempes d'un air pensif.) *Ah tiens !* Il y a certainement eu un oubli. Ce soir, je vais répéter la commande, et les ortolans arriveront sûrement aussitôt.

Coves se nota d'intercepter la commande. Fougasse se pencha par-dessus le comptoir.

— Monsieur Coves, je remarque que sous le hall, il existe une ouverture considérable.

— Oui, c'est vrai. C'est là que commence la pente.

— J'ai fait mon inspection, annonça Fougasse. Je trouve cet endroit frais, sombre, bien aéré mais sans courants d'air. En bref, on pourrait en faire une magnifique fromagerie.

— Une fromagerie ?

— Oui, une fromagerie. Ce n'est pas comme ça qu'on dit ? Là où on fabrique du fromage ? *Peu importe.* Nous mettons de côté le petit lait, en le mélangeant avec une culture qu'on ne trouve qu'à Montdembois, sur la Loire. Et dans pas longtemps, vous vous lécherez les babines en goûtant un fromage particulièrement savoureux.

— Bien sûr, monsieur Fougasse, faites comme il vous plaira. Heu… il ne risque pas d'y avoir une odeur ?

— Une odeur ? Bah ! Un parfum, devrait-on dire ! Mais cela étant, n'ayez crainte, monsieur Coves : l'odeur se propage horizontalement, jamais à la verticale – c'est une particularité du Montdembois.

— Je vois, dit Coves. Ma foi, monsieur Fougasse, vous pouvez y aller, très certainement.

Fougasse retourna dans la cuisine tandis que Coves se replongeait dans ses chiffres. Une volute de senteur musquée s'accrocha à ses narines comme un hameçon. Il leva les yeux.

— Ah ! Bien le bonjour, Mrs Sipe.

La divorcée au port de reine s'approcha du comptoir.

— Bonjour, Mr Coves. Dites-moi, auriez-vous vu Mr Lissacutt, par hasard ?

— Ma foi, non, Mrs Sipe, je ne l'ai pas vu.

La dame secoua la tête en fronçant les sourcils.

— Comme c'est infiniment ennuyeux ! Il avait promis de m'emmener au sommet de la colline.

— Bonjour, Mr Coves, dit le jeune homme qui venait d'entrer à l'instant dans le hall – un garçon à l'air tout à fait sympathique, avec de beaux yeux bleus et une masse de cheveux bruns.

— Ah, hello, Mr Green, dit Coves avec une grande cordialité. Heureux de vous voir. Heu… Mrs Sipe, Mr Green.

— Ravi de faire votre connaissance, dit Milo.

— Mr Green habite dans la maison sur la crête, expliqua Mr Coves.

L'attitude de Mrs Sipe se fit légèrement moins impersonnelle.

— Vous devez avoir une vue à couper le souffle, Mr Green.

Elle fouilla dans son sac pour prendre son étui à cigarettes en or.

— Pardonnez-moi, dit Milo. Prenez donc une des miennes.

— Non, merci, dit Mrs Sipe en lui accordant un rapide sourire. Je ne fume strictement que les miennes. Elles sont fabriquées dans une petite boutique que j'ai découverte à Istanbul.

Elle plaça le cylindre d'ivoire entre ses lèvres, et Coves lui présenta la flamme d'une allumette.

Mrs Sipe s'adossa élégamment au comptoir. Elle balaya le hall du regard.

— Eh bien, dit-elle, il est évident que j'ai été abandonnée. (Elle se tourna vers Mr Coves.) Quand vous verrez Mr Lissacutt, réprimandez-le sans pitié de ma part... Et la colline a l'air tellement magnifique ce matin...

— Je serais heureux de pouvoir vous aider, dit Milo.

— Mr Green, comme c'est aimable à vous ! Je meurs tout simplement d'envie de me promener dans l'île – mais naturellement, en aucun cas je ne voudrais vous importuner.

— Eh bien, fit Milo, pourquoi pas ? Quand voulez-vous y aller ?

— Je remonte juste dans ma chambre le temps d'enfiler des chaussures de marche, et je serai prête.

Elle fit un sourire éblouissant à Coves et s'éloigna dans le hall avec une ample oscillation des hanches.

— C'est très aimable de votre part, Mr Green, dit Coves. Je suis sûr que vous allez apprécier votre promenade. Mrs Sipe est une femme cultivée, très charmante – une vraie femme du monde. (Coves baissa la voix pour adopter un ton confidentiel :) Elle a fait une dépression lors de son dernier divorce, et c'est pour ça qu'elle est ici, pour se reposer.

Mrs Sipe redescendit, vêtue de sa tenue de marche – une jupe gris lavande, avec une veste bordée de fourrure dans un ton légèrement plus foncé. Elle tenait à la main un foulard orange vif, imprimé de tours Eiffel rouges et d'expressions françaises. Elle portait une paire de chaussures en alligator marron.

— Et maintenant, Mr Green, si nous nous mettions en route ?

La matinée était effectivement très agréable, et ils gravirent lentement la crête principale. Mrs Sipe se retournait de temps à autre pour commenter la beauté de la vue, en déclarant qu'elle lui rappelait de façon frappante la côte dalmatienne près de Spalato.

Ils atteignirent le sommet. Un homme était assis sur un rocher avec une paire de jumelles sur les genoux. Il se leva : c'était Mortimer Archer, élégamment vêtu d'un pantalon de tweed et d'une veste de sport à la coupe britannique, et coiffé d'une casquette de flanelle.

— Bonjour, dit-il en remettant les jumelles dans leur étui. Alors, on prend un peu l'air, Green ? Cela fait quelques semaines que je n'ai pas eu le plaisir de vous voir.

— Non, reconnut Milo. Je ne me suis pas beaucoup éloigné de chez moi. Mrs Sipe, je vous présente Mr Archer. Mr Archer, Mrs Sipe.

— Et vous êtes donc un autre des heureux habitants de cette île ? demanda Mrs Sipe.

— Oui, fit Archer. Ma maison est de l'autre côté de la colline, dans la pente. Je doute que vous puissiez la voir d'ici. Ce n'est qu'une modeste maisonnette – un studio plus qu'autre chose.

— Ah ! s'exclama Mrs Sipe. Je le savais ! Dès l'instant où je vous ai vu, j'ai pensé : « Un artiste ». Dans quel domaine exercez-vous votre art, Mr Archer ? Non, laissez-moi deviner… (Elle se tapota le menton du bout de l'ongle.) Je dirais… la peinture. Oui, vous êtes absolument le type. Maintenant, dites-moi que j'ai raison.

Archer secoua la tête en riant.

— J'ai bien peur que non. Du moins, pour le moment. J'ai renoncé à la peinture. Je me concentre à présent sur la photographie.

— Comme c'est intéressant, murmura Mrs Sipe. J'adorerais voir vos œuvres. Je suis sûre que si vos études reflètent cet environnement arcadien, elles doivent être remarquables.

— C'est la nature qui est le véritable artiste, dit modestement Archer. Je ne fais qu'en trouver les beautés, et en capturer l'impression sur la pellicule.

— Mais, fit remarquer Mrs Sipe, c'est bien en cela que réside l'art – la façon de voir, de percevoir la composition. Le peintre pourrait tout aussi bien dénigrer son art en déclarant que les couleurs étaient déjà là, et qu'il n'a fait que les placer sur la toile. Non, Mr Archer, l'art est de l'art, quel qu'en soit le support.

Archer haussa les épaules.

— J'espère que vous ne changerez pas d'avis quand vous verrez mon travail.

— JACK VANCE

— Mr Archer, dit Mrs Sipe en agitant le doigt, votre modestie est certainement affectée. Mais dites-moi, qui d'autre partage l'île avec vous, à part Mr Green et Mr Coves ?

— Miss Pickett dirige une école pour jeunes filles. De l'autre côté de la colline, il y a Mr Ottenbright, un avocat de San Francisco, et un personnage assez pittoresque, Ike O'Rourke, qui a ce qu'il appelle une « ferme de baleines ».

— Une « ferme de baleines » ?

— Oui, il a capturé un certain nombre de ces animaux, sans que je sache très bien ce qu'il a l'intention d'en faire. Je pense que si nous nous plaçons un peu plus loin, là-bas, nous pourrons apercevoir sa fameuse ferme en contrebas.

— C'est absolument fascinant ! s'exclama Mrs Sipe.

Ils traversèrent le petit plateau, et Archer s'arrêta.

— Voyons voir… Ce ravin mène à la crique où Ike a enfermé ses baleines.

Il indiqua la ravine au-dessous d'eux, où un petit cours d'eau descendait vers l'océan.

Tout en bavardant gaiement, ils descendirent tous les trois dans le ravin.

— Halte-là ! cria une voix sur leur gauche. Ne bougez plus !

— Tiens donc, chuchota Archer à l'oreille de Mrs Sipe. C'est Ike en personne. Vous allez vous amuser.

Ike s'approcha en descendant d'une butte sur leur gauche. Comme d'habitude, il portait son pantalon de velours marron par-dessus un caleçon long, avec un maillot de corps déployé à la vue de tous.

— Ma parole, murmura Mrs Sipe, quel drôle de vieux bonhomme ! Je suis émerveillée de voir ces favoris ! Mais n'est-il pas un peu… enfin, disons…

— Oh, absolument, chuchota Archer.

— Où vous allez comme ça, tous les trois ? lança Ike.

— Nous essayions d'avoir un aperçu de votre célèbre « ferme aux baleines », Mr O'Rourke, répondit Archer Excusez-moi, Mrs Sipe, puis-je vous présenter Mr O'Rourke ?

— Appelez-moi Ike, m'dame. (Ike se tourna de nouveau vers Archer.) Je me balade juste dans le coin, peut-être pour mettre des écriteaux : « Propriété privée. Défense d'approcher. Danger de mort. »

— Ah, mon Dieu, pour quoi faire ? demanda Mrs Sipe. Est-ce que les badauds viennent importuner vos baleines ?

— Je sais pas si on peut appeler ça des badauds, m'dame. Ça représente beaucoup d'argent, ces baleines. J'ai l'intention de tirer d'abord et de poser des questions ensuite. Ce qu'il me faut vraiment, c'est un assistant.

Il examina attentivement Mrs Sipe, fit un pas de côté pour mieux voir sa silhouette.

— Dites donc, m'dame, déclara-t-il, je dois dire que vous êtes une sacrément belle femme.

Archer se raidit.

— Voyons, Mr O'Rourke…

Ike l'ignora.

— Vous êtes mariée, m'dame ?

— Non, répondit-elle sèchement.

— Vous vous y connaissez, pour préparer le pemmican ?

— Absolument pas ! déclara Mrs Sipe.

— Vous avez déjà tanné des peaux ?

— Je crains que nous ne devions partir, dit Mrs Sipe d'un ton glacial. Bonne journée, Mr O'Rourke.

— Oh, attendez deux secondes, soyez pas comme ça. Je faisais juste que demander. De toute façon, c'est facile à apprendre.

— Quelle est cette odeur étrange ? demanda Mrs Sipe à Milo. On dirait un mélange de…

Elle chercha ses mots avec délicatesse, et c'est avec la même retenue que Milo s'abstint de faire remarquer que le vent soufflait en provenance d'Ike.

— Ma foi, nous devons y aller, dit Mrs Sipe. J'ai affreusement soif, ajouta-t-elle en jetant un coup d'œil vers le petit ruisseau qui coulait à leurs pieds. Je me demande si cette eau est potable ?

— Oui, bien sûr, dit Ike avec affabilité. Tenez, j'ai un petit gobelet en métal. Je vais le rincer, et dans une minute, vous aurez l'eau la plus pure et la plus fraîche que vous avez jamais bue.

Il fouilla dans sa poche et en sortit une petite tasse en aluminium. Il tourna le dos, remplit la tasse et la tendit à Mrs Sipe.

— C'est merveilleux ! s'exclama la divorcée. Rien n'est plus délicieux que de l'eau de source !

— Allez-y, dit Ike, buvez tout. L'eau est douce et bien fraîche. (Il se retourna et foudroya du regard Archer et Milo.) Vous deux, là, restez en arrière le temps que la petite dame ait fini de boire. Attention, vous avisez pas de troubler l'eau !

Il fronçait les sourcils avec une telle férocité que Milo et Archer reculèrent.

— Vraiment délicieux, murmura Mrs Sipe en buvant. Ah…
Soudain, elle se figea en frémissant.

Ike lui dit avec un large sourire qui fit se hérisser ses favoris :

— Tu as encore soif, ma chérie ?

— Non… merci, dit Mrs Sipe d'une voix rêveuse.

— Bon, maintenant, ma mignonne, voici le vieux Ike, qui se cherche une femme…

Archer et Milo furent ébahis d'entendre Mrs Sipe répondre :

— Mais, mon chéri, je suis là, tu sais.

— Je crois que tu feras l'affaire, dit Ike.

Et Mrs Sipe se jeta dans ses bras.

— Par tous les diables, bafouilla Archer, qu'est-ce que…

— Vous deux, allez voir ailleurs si j'y suis, dit Ike. La petite dame et moi, on veut être seuls.

— Mon chéri, dit Mrs Sipe en se tournant vers Ike, c'est tellement étrange… Je ne m'étais jamais rendu compte à quel point j'étais incompétente… Quand j'y pense, je ne sais même pas faire cuire le pemmican !

— Le pemmican, ça se cuit pas, dit Ike, ça se suce. Le bœuf séché, ça se mâche. C'est la semoule de maïs qu'on fait cuire.

— Mais je t'ai trouvé, et tout cela va changer. Je l'ai senti au plus profond de mon être dès l'instant où je t'ai vu ! Ah, je n'ai jamais ressenti une telle excitation !

— Mrs Sipe, s'enquit Milo avec inquiétude, vous vous sentez bien ? Puis-je…

— Écoute, mon garçon, fit Ike avec bonne humeur, laisse la dame tranquille. Elle a fait son choix…

— Oh, pour ça, oui, soupira Mrs Sipe.

— Voulez-vous boire un peu d'eau froide ? demanda Milo.

— Bon, ça va comme ça, dit Ike. Fichez-lui la paix. (Il se tourna vers Mrs Sipe.) Viens, ma vieille, rentrons à la maison. Je vais mettre une chemise, peut-être me laver un peu, et on ira en ville pour se marier dans les règles.

— Mon chéri ! soupira Mrs Sipe.

— Mais Mrs Sipe, s'écria Milo alors qu'elle commençait à s'éloigner, savez-vous bien ce que vous faites ?

Le regard que Mrs Sipe lui lança glaça Milo.

— Mr Green, un peu de tenue, je vous en prie.

Elle lui tourna son dos élégant et passa la main dans le bras d'Ike, et tous deux descendirent dans le ravin.

Milo fut tenté un instant de les suivre, mais il se contenta de les regarder, complètement ébahi.

— Un épisode intéressant, murmura Archer en mâchonnant sa moustache.

— Qu'est-ce que je vais dire à Coves ?

Archer haussa les épaules.

— Dites-lui simplement que Ike et Mrs Sipe se sont rencontrés, et qu'ils ont décidé de se marier.

— Ma foi, dit Milo d'un air dubitatif, après tout, dans les grandes lignes, c'est effectivement ce qui s'est passé…

CHAPITRE X

Une heure de l'après-midi. Les clients, plongés dans la torpeur par les talents de Fougasse, étaient assis sur la terrasse dans des postures variées. À l'intérieur, Coves était penché sur son livre de comptes.

Une silhouette entra dans le hall et se dirigea lentement vers le tourniquet des magazines, où il se plongea dans l'examen des titres. Coves, qui possédait un don presque animal pour déceler les tensions, leva les yeux et, après avoir posé son stylo, se dépêcha de traverser le hall, avec Rexie sur ses talons.

— Ah, vous voilà de retour, Mr Green.

— Hello, Mr Coves.

— J'espère que votre promenade a été agréable ?

— Très.

— J'imagine que Mrs Sipe l'a bien appréciée ?

— Oui... Enfin, on pourrait le dire comme ça... Du moins, c'était mon impression.

— Je ne l'ai pas vue rentrer. Elle est sur la terrasse, sans doute ?

— Je ne crois pas, dit Milo. Le fait est...

Il n'alla pas plus loin.

— Où *est* Mrs Sipe, Mr Green ?

— Eh bien, le fait est, nous avons rencontré Mr Archer et Mr O'Rourke au sommet de la colline. Nous avons bavardé un moment, et puis Mrs Sipe et Mr O'Rourke ont décidé qu'ils voulaient se marier, et par conséquent, Mr Archer et moi... (Milo examina attentivement ses ongles)... nous les avons laissés tranquilles, et je suis rentré pour vous dire qu'elle va probablement quitter l'hôtel.

Alors que Coves reculait en chancelant, il marcha sur la queue de

Rexie, qui poussa un cri affreux et s'enfuit. Coves se laissa tomber dans un fauteuil. Étape par étape, Milo lui expliqua les événements de la matinée.

Pendant une période de temps considérable, Rexie bouda, puis il décida qu'une promenade dans la prairie dissiperait sa mélancolie. Il se leva. Le calme régnait dans le hall. Milo était retourné dans sa maison sur la crête, et Coves s'était retiré dans sa chambre. En courant, Rexie franchit les portes-fenêtres, traversa la terrasse, contourna le bâtiment et se retrouva dans les hautes herbes.

Ces herbes étaient délicieuses, pleines de petits bruits réconfortants quand le vent soufflait, et Rexie se mit à sautiller et gambader au milieu des senteurs enivrantes. Le soleil qui brillait à travers les herbes dessinait des rayures tigrées sur sa fourrure... Ah ! Une odeur de souris ? Oui, absolument, et la voilà qui décampait devant lui ! Rexie s'élança avec grâce. Regardez, cette idiote de bestiole quittait l'herbe pour courir vers la terrasse ! Complètement folle, assurément ! Rexie accéléra, et la souris se faufila à l'angle de la terrasse, lui échappant de justesse. Rexie s'élança à sa poursuite et franchit l'angle à son tour... Il planta ses griffes dans les dalles rouges dans un effort désespéré pour s'arrêter net. La souris s'était transformée en une créature diabolique, monstrueuse ! Rexie poussa un cri épouvantable et s'enfuit pour se réfugier dans l'endroit le plus secret et le plus sombre sous l'hôtel.

* * *

Mr Craintree Bezemer, l'explorateur mondain, adorait créer la sensation. À cette fin, il pouvait toujours compter sur la présence de son babouin domestique, à côté duquel la souris avait détalé. Quand on lui posait des questions à son sujet, Mr Bezemer répondait avec une modestie soigneusement étudiée :

— Oui, Banjo est un cadeau de Batongo, le chef de la tribu des Pulus – au milieu de l'Afrique la plus sombre et la plus profonde, naturellement. J'ai eu l'occasion de lui rendre un petit service, même si je doute que le lion l'aurait attrapé en fin de compte. Et il a été vraiment impressionné par le fait que je n'avais en tout et pour tout sur moi que mon petit revolver... Toujours est-il qu'il a insisté pour que je prenne Banjo. Et pour éviter de vexer le vieux bonhomme, j'ai accepté. Nous sommes devenus très attachés l'un à l'autre. Un animal vraiment très intelligent...

* * *

L'Académie de Miss Pickett avait toujours été prospère. Contrairement à Mr Coves, elle gérait son établissement avec une rigueur toute spartiate. Son principe directeur était qu'une nourriture et des vêtements simples permettaient de renforcer la fibre morale chez la femme – principe auquel adhéraient la plupart des parents de ses élèves. « Notre fille est évidemment une créature adorable, disaient-ils, mais elle a eu tellement de choses tout au long de sa vie qu'un peu de simplicité et de discipline lui feront tous les biens. »

Ce furent pratiquement les mêmes termes que Mrs Cheabrough employa à propos d'une lettre de Madeline.

> *Maman chérie,*
>
> *La vie continue comme d'habitude, et je voudrais bien que tu m'enlèves d'ici. Est-ce que tu crois que je m'entraîne pour entrer dans un de ces couvents où les bonnes sœurs s'habillent de toile de jute et se nourrissent exclusivement de navets ? Quel régime épouvantable ! Pour le petit déjeuner, flocons d'avoine, œufs et toasts. Au déjeuner, thon à la crème et épinards. Pour le dîner, haricots et viande hachée. Le dessert ? Quel dessert ? Qu'est-ce que c'est, un dessert ? Miss Pickett considère que tout ce qui est sucré est mauvais pour nous. Et nous n'avons pas d'argent de poche, à cause de cet accord effroyable que tu as passé avec Miss Pickett.*

(Miss Pickett, au début du trimestre, exigeait qu'aucun argent de poche ne soit donné à ses élèves, afin d'empêcher tout achat de sucreries, et aussi pour décourager la formation de coteries.)

> *Et nous sommes donc assises là, moi avec ma langue pendante tant je rêve d'un milk-shake, et qu'est-ce qu'on nous donne ? Du thé frappé. Je suis au bord du désespoir. En tout cas, il y a une chose qu'on peut dire en faveur du système de Miss Pickett : il développe l'ingéniosité et l'inventivité. J.B. Carr, Skippy Ballard et moi avons*

*mis au point une source de revenus. Elle devrait nous assurer une
dotation confortable de cigarettes et de sucreries mauvaises pour la
santé.*

*Tout le monde a peur de Miss Pickett. Ce n'est pas qu'elle soit
méchante : c'est juste dans sa façon d'être. Elle a une Présence, aucun
doute là-dessus. Elle se déplace silencieusement tel un fantôme, mais
on sent un frisson dans le cou qui vous dit qu'elle est dans les parages.
En revanche, sa nièce, Celia Marlowe, est adorable. Elle est d'une
beauté exquise – nous sommes toutes jalouses d'elle –, mais elle a l'air
préoccupée. Je crois que Miss Pickett l'étouffe. Ou bien elle est amou-
reuse. Ou les deux. Si c'est le deuxième cas, tout le monde sait de qui
il s'agit : Milo Green, qui a une jolie expression rêveuse. Il habite dans
une maison tout en haut de la colline. C'est un écrivain, quelque chose
comme ça. J'aimerais bien lui mettre le grappin dessus moi-même.*

*Rien d'autre de bien excitant. Miss Pickett nous autorise à avoir
de la visite le vendredi soir et le samedi soir, mais nous ne pouvons pas
aller sur le continent pour sortir avec des garçons parce que la navette
s'arrête à 18 heures.*

Je t'embrasse,
Madeline

En repliant la lettre, Mrs Cheabrough dit à sa sœur :

— J'imagine que Miss Pickett les soumet à un régime assez sévère,
mais ça fera beaucoup de bien à Madeline de se frotter à quelqu'un
qu'elle ne peut pas charmer.

— Je me demande ce que Madeline veut dire quand elle parle d'une
« source de revenus » qu'elle a trouvée.

— Bah, fit Mrs Cheabrough, elle a sans doute monté une petite
combine. Il y a forcément un peu d'argent dans le groupe, et des filles
comme Madeline suffisamment intelligentes pour le prendre à celles
qui en ont.

* * *

Sur le seuil de sa cabane, Ike comptait ses baleines. On pouvait
voir derrière lui la nouvelle Mrs O'Rourke, occupée à faire la vaisselle
du dîner.

— Ouaip, fit Ike. Tout ce que j'ai à faire maintenant, c'est de les garder au frais jusqu'à ce que le bateau d'abattage arrive. Regarde-les donc un peu ! (Et il cracha respectueusement.) Des baleines, des baleines à gogo !

Mrs Winslow Denstrie Sipe O'Rourke jeta un coup d'œil par-dessus son épaule.

— N'est-ce pas merveilleux, mon chéri ? Et elles sont toutes à nous !

Ike cracha encore une fois.

— Chéri ! s'exclama Mrs O'Rourke. Pas dans les pétunias ! Et je raccommoderais bien ton maillot de corps et ton caleçon long si seulement tu voulais bien les enlever.

Ike la regarda froidement.

— Les enlever ? Allons, femme, tu voudrais me faire attraper une pneumonie, pour en finir avec moi ?

— Oh, mon chéri ! Ne dis pas des choses pareilles !

Avec un sourire satisfait, Ike se remit à compter ses baleines.

* * *

Mortimer Archer était dans sa chambre noire, occupé à rincer une pellicule dans un bac. Son teint était très pâle, sa moustache soigneusement taillée, ses yeux évoquaient toujours autant ceux d'un épagneul – mais son air d'indolence hyper-civilisée avait disparu. Il était concentré et habile, avec des gestes d'une grande compétence.

Il tint le négatif à la faible lumière de l'ampoule rouge. Un magnifique cliché – qui rapporterait bien dans les deux ou trois cents dollars... La sonnette d'entrée retentit. Archer déposa le négatif dans une autre cuvette et retira ses gants en caoutchouc.

À travers le judas, il put apercevoir une joue grêlée, une mâchoire oblique et une oreille comme du chewing-gum fortement mâchonné. Il ouvrit la porte et Tiger Joe entra.

— Alors, l'Anguille, comment vont les affaires ?

— Pas mal du tout.

Tiger Joe s'avança jusqu'au centre de la pièce et regarda partout autour de lui. Archer se contenta de l'observer, les mains dans les poches de sa veste d'intérieur. Ayant terminé son inspection, Tiger Joe se retourna vers lui.

— Quoi de neuf ?

Sans un mot, Archer ouvrit un tiroir et y prit une enveloppe qu'il lança à Tiger Joe. Celui-ci en sortit six photos.

— Waouh ! Là, l'Anguille, je te tire mon chapeau. C'est du beau boulot. Où est-ce qu'elles vont ?

— Pour l'instant, mille exemplaires à Chicago, mille à Los Angeles, mille à Reno, cinq cents à Fort Worth, Miami et la Nouvelle-Orléans. En fait, c'est de la petite diffusion. Je devrais avoir des nouvelles de l'agent en Orient d'ici un jour ou deux. Et j'en ai aussi vendu un jeu à un des magazines.

Tiger Joe hocha la tête.

— C'est bien, l'Anguille. Exploite à fond, fais de l'argent pour la compagnie.

Archer remit les photos dans un tiroir.

— Et toi ? dit-il. Qu'est-ce que tu as fait ?

Il y avait dans sa voix une note sarcastique que Tiger Joe, qui était allé prendre une bouteille de bière dans la cuisine, ne remarqua pas.

— Tout est parfaitement sous contrôle. Le vieux trappeur a fini par se récupérer un troupeau de baleines, mais je vais m'en occuper vite fait bien fait. Il s'est trouvé une veuve pleine aux as, alors pourquoi il veut se faire plus de fric ?

— Comment vont les affaires, à l'hôtel ?

— Ça marche du tonnerre pour Coves. Il a pas assez de place pour loger tout le monde. Mais dès que j'aurai trouvé un bon truc, je lui règlerai son compte. Et aussi à la vieille chouette avec son école de filles. Ça devrait être fastoche. Et ensuite, on flanquera une bonne frousse à ce gars sur la colline, Green, pour le faire déguerpir.

Archer eut un mince sourire.

— C'est possible… mais peut-être qu'il n'aura pas peur du tout.

Tiger Joe inclina sa bouteille et but une longue rasade. Il s'essuya la bouche.

— Ce serait idiot de prendre le risque. Je pourrais carrément le refroidir une bonne fois pour toutes.

Archer secoua la tête.

— Il va probablement se trouver incapable de rembourser sa banque. On rachètera l'hypothèque.

— Ça pourrait flanquer la trouille au reste de la bande, insista Tiger Joe d'un air méditatif.

Archer secoua la tête encore une fois.

— Non, il faut que tout se passe bien tranquillement. Nous ne pouvons pas nous permettre la moindre publicité. (Au bout d'un moment, il ajouta d'un air dégagé :) Autre chose. Je sais comment faire avec la vieille Pickett. En douceur, sans problème. Succès garanti.

— Comment ça ?

Archer se pencha en avant.

— J'allais le garder pour moi, mais c'est vraiment trop drôle. Tu sais comment O'Rourke s'est débrouillé pour se trouver sa femme ?

— Non, dit Tiger Joe avec un soudain intérêt. Justement, je me suis posé la question. (Il se redressa dans son fauteuil.) Un vieux dégoûtant comme lui, une nana de la haute comme elle… Elle a même pas voulu m'accorder un regard.

— Je ne le croirais pas si je ne l'avais vu de mes propres yeux, poursuivit Archer. Je l'ai rencontré l'autre jour sur la côte, et il m'a craché le morceau. Apparemment, les Esquimaux fabriquent une substance en faisant bouillir de l'ours polaire… (Il fouilla dans sa poche et en sortit un petit flacon à moitié rempli d'un liquide trouble.) J'ai réussi à le convaincre de m'en donner un peu. Il en a au moins quatre ou cinq litres en stock.

Tiger Joe se rassit.

— Quelle est la dose ?

— Une goutte et demie, d'après O'Rourke.

CHAPITRE XI

Au cours de cette période, Rexie ne trouva qu'une source de consolation : la cave à fromages de Fougasse. Lorsque la frustration était trop forte, ou lorsqu'il se sentait envahi par la mélancolie, il pouvait toujours ramper sous l'hôtel dans ce petit sanctuaire plongé dans la pénombre, et là, manger du fromage. Lorsqu'il s'attendait à une insulte ou à une tape de la part de Tiger Joe, et qu'il recevait à la place un compliment ou un gratouillis derrière les oreilles, ou au contraire quand il courait joyeusement vers lui pour l'accueillir, et qu'il ne récoltait qu'un juron et un coup, alors Rexie, dans sa profonde perplexité, courait se réfugier sous l'hôtel pour y manger du fromage.

Après chaque rencontre avec Tiger Joe, il avait le tournis. Et jour après jour, en observant discrètement le babouin, Rexie se demandait quand celui-ci reprendrait sa forme de souris ordinaire.

Rexie avait coutume, vers dix heures du soir, de se rendre tranquillement dans le bar où Ernest, le barman, lui servait une soucoupe de crème. Conformément à cette habitude, il traversa le hall en trottinant et entra dans le bar en salivant d'avance. Un client au visage rubicond et à l'abondante chevelure blanche était installé au comptoir et buvait un punch au lait. C'est sur l'insistance de cet homme qu'Ernest, au lieu de la crème habituelle, versa un peu de punch au lait dans la soucoupe de Rexie.

Le chat sauta sur un tabouret, puis sur le comptoir, et baissa la tête. Quelques gorgées franchirent sa gorge avant qu'il ne remarque le goût particulier du liquide. Il s'interrompit un instant et regarda fixement sa soucoupe. Ce liquide, lui disaient ses yeux, était de la crème. Rexie n'avait jamais connu de liquide blanc qui ne fût pas du lait ou de la crème. De toute évidence, ce liquide *était* de la crème… Par pur esprit de défi, Rexie le lapa jusqu'à la dernière goutte.

Au bout d'un moment, il prit conscience d'un léger picotement au fond de la gorge et d'une agréable légèreté dans les pattes. Il agita vigoureusement la queue plusieurs fois.

C'est à cet instant que Mr Craintree Bezemer fit son entrée dans le bar avec son babouin.

Rexie repéra aussitôt la pseudo-souris, et sa queue se figea instantanément. Ah, la fausse créature était de retour ! Prête à jouer ses vilains tours, hein ? Rexie, plein du courage que procure l'alcool, banda ses muscles.

En plissant les paupières, il examina attentivement le babouin avec une certaine perplexité. Cette hallucination était tellement plus imposante que la souris qu'elle dissimulait que cela posait un problème : à quelle partie s'attaquer ? S'il sautait sur la moitié supérieure, la souris pourrait bien s'être positionnée près de la queue, et n'aurait donc aucun mal à s'échapper. Mais s'il décidait de sauter sur la queue, la souris – si elle était dans la région supérieure – pourrait tout aussi facilement s'enfuir.

Rexie aboutit à un compromis. Il s'accroupit, frémit un instant, et bondit droit vers le milieu de l'animal.

Au lieu de franchir une zone vide et d'attraper la souris, Rexie rencontra des côtes solides et une fourrure malodorante.

Il s'ensuivit une véritable tornade mêlant un babouin glapissant et un Rexie tout aussi véhément – le babouin tirant Rexie par les pattes et le piétinant, Rexie rabattant les oreilles en arrière et escaladant le dos velu pour le griffer et le mordre. Le babouin finit par décocher une manchette à Rexie qui s'échappa d'un bond et s'enfuit à travers le hall pour se réfugier dans la région la plus inaccessible située sous l'hôtel.

* * *

Coves était très préoccupé par le comportement de Rexie.

— Je ne le comprends vraiment pas, dit-il à Milo dans le hall. Il sursaute au moindre bruit. Hier, il a même craché sur Mr Connolly, ce qu'il n'avait jamais fait jusqu'ici.

— Ça pourrait bien être de l'indigestion, dit Milo.

Coves secoua la tête.

— J'en doute. Autre chose : lors de sa rencontre avec le babouin de Mr Bezemer, il a eu une petite coupure au niveau du cou. Je lui ai mis une pommade antiseptique, mais ça n'a pas l'air de cicatriser. Si vous pouviez y jeter un coup d'œil, et me dire si vous pensez que c'est infecté ?

Milo haussa les épaules.

— Bien sûr, je vais l'examiner.

On captura Rexie et on l'exhiba. Milo inspecta la plaie.

— Vous croyez que c'est grave ? demanda Coves.

— Difficile à dire. J'ai eu un chien autrefois qui avait eu quelque chose comme ça, et je lui avais mis de l'eau oxygénée. Ça avait bien aidé la cicatrisation.

— De l'eau oxygénée ?

— Oui, et peut-être un pansement léger, pour l'empêcher de lécher la plaie.

Coves hocha la tête et s'éloigna rapidement avec Rexie dans les bras.

* * *

Et ainsi passèrent les journées sur l'Île aux Oiseaux. Des matinées dorées, des après-midis brumeuses, des soirées de velours – et la vie se déroulait presque comme dans un rêve. Seul Milo Green manifestait quelques signes de doute et de découragement.

Un jour, en fin d'après-midi, il prit son voilier pour se rendre à Larkspur, où il récupéra son courrier. Il ouvrit les enveloppes et y trouva quatre ou cinq chèques d'un petit montant.

En retournant vers le quai, il passa devant le Club des Fêtards. Un coup d'œil à sa montre : il était l'heure de prendre une bière. Il entra et s'installa au bar, où – après son quatrième whisky-soda – il se plongea dans une discussion avec un homme qui était convaincu qu'avec de l'entraînement, les escargots pouvaient produire des perles tout aussi efficacement que les huîtres. Une heure plus tard, Milo était passé à une boisson qu'il appelait « Vacances Romaines », et expliquait à son nouvel ami les principes du mélange.

Deux heures plus tard, la femme du type apparut et l'emmena avec elle.

Milo décida de partir également. Il descendit prudemment de son tabouret, sortit du bar et reprit son chemin vers le quai.

La nuit était tombée. Dans l'obscurité, Milo eut du mal à distinguer l'avant de l'arrière de son bateau. Il finit par se retrouver sur la poupe, et si son voilier ne chavira pas, ce fut uniquement parce que Milo était tombé à plat ventre.

Avec un soin infini, Milo se retourna, leva un bras, hissa la voile et s'installa péniblement à la barre. La brise gonfla la voile, le bateau tangua et Milo s'affala en marmonnant. Quelque temps plus tard, il se rendit compte qu'il était toujours à quai : il avait oublié de détacher l'amarre.

Il finit par partir, et le voilier se dirigea rapidement vers l'Île aux Oiseaux, laissant derrière lui un sillage d'écume.

À mi-chemin, le vent tomba brusquement et la voile pendit lamentablement. En poussant un juron, Milo se mit à chercher sa pagaie – jusqu'à ce qu'il se souvienne que, cinq minutes plus tôt, il l'avait lancée à la tête d'un oiseau nocturne qui était venu l'embêter. Et là, le courant commença à entraîner le bateau au large de Point Lobos dans la direction des îles Galápagos.

Le voilier montait et descendait lentement sur une immensité de ténèbres, et Milo voyait le monde tourner autour de lui. L'île et le continent ne formaient plus qu'un, loin derrière lui. Le ciel était voilé, et on ne distinguait aucune étoile.

La brise revint aussi vite qu'elle était partie. Milo fit demi-tour et reprit sa route vers le rivage… Ah, il la vit enfin : l'Île aux Oiseaux !

La lune se leva au-dessus de la masse sombre du continent, projetant ses largesses argentées sur les vagues et enveloppant l'île d'un halo laiteux.

Milo vit devant lui son ponton, avec ses planches et ses rampes grises comme de la cendre de cigare dans le clair de lune. Le vent devint moins vif, et les eaux se calmèrent à l'abri de l'île. Le voilier glissa jusqu'au ponton tel un magnifique somnambule avec ses voiles tachées de lune.

Milo relâcha la bôme et agrippa le ponton pour approcher le bateau. À présent presque dessoûlé, il se hissa sur le quai, brandit le poing vers l'océan et s'apprêta à gravir la colline.

Il entendit un léger bruit derrière lui.

Milo se retourna brusquement : une silhouette sombre l'observait. Son cœur s'arrêta de battre, et pendant de longues secondes, il resta paralysé. Il finit par rassembler son courage :

— Qui est là ?

— Partez d'ici, retournez chez vous avant qu'il vous arrive malheur.

Milo s'avança en titubant.

— Qui êtes-vous ?

L'inconnu fit un pas de côté, se baissa, se releva, et frappa Milo à la tête avec une branche morte.

En marmonnant, Milo recula, puis il s'élança vers un objet qui se révéla être un buisson de houx.

Son adversaire avait disparu. Couvert de bleus et d'égratignures, Milo gravit lentement la pente menant à sa maison sur la crête.

CHAPITRE XII

En tremblant, Milo se réveilla d'un sommeil agité. Il secoua la tête pour chasser de son esprit les derniers lambeaux d'un mauvais rêve et se leva péniblement. Il alla dans la cuisine où il se soigna avec un mélange de sauce anglaise, jus de tomate, aspirine, quinine, bicarbonate de soude, rhum chaud et jus d'orange.

Il retourna se coucher et les événements de la nuit précédente commencèrent à lui revenir. Avec indignation, il tâta la zone sensible de son cuir chevelu. Il repoussa brusquement les couvertures, s'habilla, but une tasse de café noir et sortit.

L'atmosphère était fraîche et limpide, le soleil se posait sur ses épaules comme le bras d'un ami, et sa gueule de bois commença à s'estomper. Arrivé sur le ponton, Milo examina la scène du crime à la recherche d'indices.

Mais il ne trouva rien qui puisse indiquer l'identité de son agresseur. Et pourtant… Il y avait eu quelque chose d'étrangement familier dans cette silhouette à peine entrevue. Une certaine démarche ? Un ton de voix ? Mais plus il y réfléchissait, moins ses impressions étaient précises. Était-ce même une voix d'homme ? Douce et voilée, dans son souvenir… mais une femme aurait aussi bien pu produire cet effet, en parlant à voix basse.

Il s'engagea dans le chemin menant à l'Académie de Miss Pickett. Le bâtiment était apparemment silencieux, mais comme tous les lieux d'enseignement, il en émanait une sorte de bourdonnement presque inaudible, un ferment télépathique confus, qui indiquait une intense activité à l'intérieur. Milo hésita : tout le monde devait être occupé.

Il poursuivit son chemin le long du rivage, puis il grimpa sur la colline qui cachait la maisonnette blanche de Mortimer Archer.

Il sonna, le judas s'ouvrit, un œil marron apparut un instant, puis Archer ouvrit la porte toute grande.

— Entrez donc, Mr Green.

Archer avait l'œil au beurre noir le plus spectaculaire que Milo ait jamais vu. Il suivit Archer dans le salon parfaitement rangé.

— Asseyez-vous, dit Archer avec une courtoisie chaleureuse.

— Merci, dit Milo en s'installant dans un fauteuil.

Archer resserra autour de sa taille la ceinture de sa robe de chambre violette.

— Puis-je vous offrir une bière ?

Milo frissonna.

— Non, merci bien. Qu'est-il arrivé à votre œil ?

— C'est un scandale ! s'écria Archer avec indignation. Hier soir, j'ai entendu quelqu'un rôder dehors. Quand je suis sorti pour voir ce qui se passait, j'ai reçu un grand coup dans l'œil. Quand je me suis relevé, mon agresseur avait disparu.

Milo se pencha vers lui.

— Avez-vous pu le reconnaître ?

— Non. J'aurais bien aimé… J'aurais fait arrêter ce gredin.

— Vous n'avez aucune idée de qui ça pouvait être ?

— Aucune. Cela étant, ajouta pensivement Archer, je pourrais bien le reconnaître si je le revoyais.

— Il était petit ? Grand ?

— Oh, de taille moyenne, je dirais.

— Gros ?

— Pas très.

— Et vous n'avez vu ni son visage, ni ses vêtements ?

— Non.

— Eh bien, alors, comment pourriez-vous le reconnaître ?

Archer regarda Milo d'un air entendu. Il sortit de la pièce et revint avec un flacon.

— Sentez ça, dit-il.

Milo s'exécuta. Une étiquette sur le flacon indiquait *L'Odorant Prince*, et il s'en dégageait un fort parfum de réglisse et de fleur d'oranger.

— J'ai reconnu l'odeur, expliqua Archer. La prochaine fois que je la sentirai sur quelqu'un, j'aurai quelques questions à lui poser.

Milo n'était pas entièrement satisfait. Il essaya de se souvenir des techniques de contre-interrogatoire lues dans des romans policiers, mais aucune de ces méthodes ne semblait praticable dans le cas présent. En soupirant, il se cala dans son fauteuil.

— J'ai été agressé, moi aussi. La nuit dernière, vers deux heures et demie ou trois heures du matin, sur mon ponton.

Ce fut au tour d'Archer d'être impressionné.

— Non, vraiment ? Que s'est-il passé ?

— Un homme m'a frappé avec un bâton, dit laconiquement Milo.

— Et vous avez pu le reconnaître ?

Milo fronça les sourcils.

— Oui… et non. C'est-à-dire, il avait quelque chose de familier, mais je n'arrive pas à mettre le doigt dessus.

Archer resserra encore sa ceinture et proposa une cigarette à Milo, qui la refusa.

— J'ai bien l'intention de tirer cette affaire au clair, dit Archer, même si c'était sans doute un vagabond venu du continent, ou peut-être un garçon venu rendre visite à une pensionnaire de l'Académie. On n'a pas touché à votre bateau ?

— Non, dit Milo.

Cet aspect des choses ne lui était pas venu à l'esprit. Il se rendit compte que même si Miss Pickett était extrêmement rigoureuse, des rendez-vous discrets devaient s'organiser, avec des ressources humaines presque infinies fournies par les universités de la région. Plus c'était difficile, plus c'était excitant…

— Ma foi, dit-il enfin, j'imagine que c'est possible.

Archer tira une bouffée de sa cigarette.

— Comment ça avance, vos poèmes ?

Milo haussa les épaules.

— Pas trop mal. Le long poème narratif sur lequel je travaille devrait me rapporter un gros paquet. En attendant, je produis de la poésie courte.

— Ah bon ? Et – sans vouloir être indiscret – ça vous rapporte combien ?

— Oh, deux cent cinquante, trois cent cinquante, répondit Milo d'un air indifférent.

Archer se redressa dans son fauteuil.

— Vraiment ? Ça me semble une belle somme. Je n'avais aucune idée qu'un poète pouvait gagner autant.

— Il faut d'abord s'établir une réputation, dit Milo.

— Combien de ces poèmes… heu, produisez-vous par semaine ?

— Oh, quand je ne travaille pas à ma ballade et que je ne suis pas dérangé – je dirais deux, trois, quatre par jour.

— Et vous les vendez tous ?

— Oui. Mais je ne dépends pas spécialement de ces courts poèmes. Je m'intéresse beaucoup plus au succès de mon œuvre plus longue… Bon, merci pour votre aide – surtout cette idée de *L'Odorant Prince*.

Il se leva et prit congé. Sur le seuil de la porte, Archer le regarda s'éloigner.

— Ça montre une fois de plus qu'on ne peut jamais être sûr de rien, marmonna-t-il en secouant la tête. Deux cent cinquante, trois cent cinquante dollars le poème ! Deux, trois, quatre par jour ! Si jamais il se mettait vraiment au travail, il pourrait rembourser sa maison en une semaine !

Milo remonta l'allée menant à la maison des Ottenbright et sonna à la porte. Ce fut une jeune femme blonde qui lui ouvrit, vêtue d'une robe étonnante mêlant le vert phosphorescent, le vermillon et le bleu électrique.

— Bonjour, dit Milo en clignant des yeux. Je voudrais parler à Mr ou Mrs Ottenbright.

— Jimmy, lança la blonde par-dessus son épaule, il y a un type qui voudrait te voir.

On entendit à l'intérieur une protestation étouffée, puis Mr Ottenbright apparut, rond et rose dans un peignoir de bain jaune.

— Ah, c'est Mr Green… Content de vous voir. Nous venons juste d'arriver. Mildred, voici Mr Green qui habite au sommet de la colline. Mr Green, ma sténographe. Nous… heu, c'est-à-dire… il y a deux rapports importants qu'il faut absolument que je rédige, et je suis venu ici pour pouvoir travailler sans être dérangé.

Les yeux légèrement protubérants de Mr Ottenbright se posèrent sur le visage de Milo avec un certain embarras.

— Vous dites que vous venez d'arriver ?

— Eh bien, oui, dit Mr Ottenbright sur un ton agressif. Vous ne me croyez pas ?

— Mais si, bien sûr.

Et Milo lui expliqua la nature de sa visite.

Mr Ottenbright se passa la langue sur les lèvres.

— Non, Mr Green, nous… c'est-à-dire, je n'ai vu personne. Comme je vous l'ai dit, nous sommes arrivés seulement ce matin.

Après avoir remercié Mr Ottenbright pour son aide et salué la blonde, Milo repartit.

Il trouva Ike en train de bricoler le moteur de son bateau, les manches de son maillot de corps soigneusement relevées sur les avant-bras. Derrière lui et sa vedette s'étendait la surface du lagon, agitée et ridée par les déplacements indolents des baleines.

Le bruit des pas de Milo alerta Ike. Il se redressa d'un bond et braqua sur lui le canon de son fusil. Il finit par rabaisser l'arme et salua Milo d'un geste de la main.

— Hello, dit-il. Content de vous voir. Je vais dire à bobonne d'ajouter un couvert pour le déjeuner.

— Non, dit Milo, merci beaucoup. En fait, je passais juste pour avoir… eh bien, des informations.

— Des informations ? répéta Ike d'un air perplexe. Je ne sais pas grand-chose de certain. Mais je sais des tas de choses sur les baleines. Regardez-les donc, là-bas.

Ils regardèrent la crique ensemble.

— Je suis retourné au large et j'en ai attrapé six de plus la semaine dernière. L'acheteur va venir dans quelques jours, et je ne serais pas trop étonné si… Bon, mieux vaut ne pas vendre la peau de l'ours et tout ça… Mais ça fait un beau troupeau de baleines, toutes bien grasses, à part deux ou trois petits – et cette pauvre créature, là-bas, qui dérive à l'écart.

La femme d'Ike apparut sur le seuil de la cabane.

— Youhou ! chantonna-t-elle. Irkham, mon chéri, le déjeuner sera prêt dans dix minutes. Va te laver les mains, maintenant.

Ike grommela.

— Vous entendez ça ? dit-il à Milo. Elle veut que je me lave et que je me brique, que je me cure les ongles – bon sang, cette femme m'habillerait en mannequin de mode si je la laissais faire ! Moi, je fais pas attention à ce qu'elle dit.

Mike l'examina de plus près.

— Ce sont des sous-vêtements neufs, ou je me trompe ?

Ike le foudroya du regard.

— Heu… oui. Elle m'a fait enlever mes bons vieux sous-vêtements en flanelle, qui pouvaient encore tenir un sacré bout de temps. Tu peux me croire, fiston, une fois qu'une femme commence à prendre le dessus, un homme n'a pas plus de chances qu'un… Bon, je devrais pas dire du mal d'elle. C'est une bonne cuisinière, et elle sait s'y prendre avec les chiens. J'aimerais simplement qu'elle arrête d'avoir toutes ces idées de la haute.

— Youhou ! lança l'ex-Mrs Sipe. Tu m'as entendue, Irkham mon chéri ?

— Oui, je t'entends ! aboya Ike. J'arrive, j'arrive. (Il se tourna vers Milo.) Alors, c'est quoi, le problème ?

— Voilà, dit Milo. La nuit dernière, quelqu'un m'a frappé à la tête, et j'essaie d'éclaircir cette affaire.

Ike se gratta le menton, et ses doigts graisseux laissèrent des marques dans sa masse de poils.

— Et tu crois que c'était moi, fiston ?

Milo regarda au loin, par-delà la crique.

— Non, pas exactement. Pour être honnête, je soupçonne tout le monde.

Ike fit passer sa chique dans l'autre joue et cracha entre deux touffes de poils.

— Ouais… Tu veux dire que tu crois que c'est moi qui t'ai assommé ? J'arrive pas bien à comprendre.

Milo secoua la tête.

— Non, je suis pratiquement certain que vous êtes innocent, dit-il en repensant au flacon de *L'Odorant Prince* de Mortimer Archer.

Ike le regarda d'un œil soupçonneux.

— Comment ça se fait que t'en es aussi sûr ? Après tout, c'était peut-être moi ?

— Non. (La certitude de Milo était encore renforcée par le vent qui venait de tourner.) Mais juste au cas où… vous étiez chez vous la nuit dernière ?

— Non, j'y étais pas ! dit sèchement Ike. J'étais sorti avec ma bonne vieille pétoire. (Il caressa affectueusement la crosse de son fusil.) Je voulais attraper la vermine qui rôde autour de mes baleines. Et tu sais quoi ? ajouta-t-il avec un sourire féroce. On s'est colletés tous les deux !

— Colletés ? répéta Milo en se raidissant.

— Ouaip. Je l'ai débusqué là-bas, sur la pointe. J'ai pas pu lui tirer dessus, mais je lui ai collé dans l'œil une beigne de première avant qu'il s'échappe. (Ike brandit un poing noueux.) Ouais, une belle châtaigne. (Il regarda pensivement la crique.) La prochaine fois, j'arriverai peut-être à lui mettre quelques plombs dans la couenne.

La porte de la cabane s'ouvrit, et Mrs O'Rourke en sortit avec un balai. Ike commença par lui lancer un regard de défi, mais il perdit très vite sa belle assurance.

— Bon, écoute-moi, femme…

— Viens te mettre à table, espèce de vieux bon à rien ! s'écria Mrs O'Rourke. Je t'aime à la folie, mais ce n'est pas pour ça que je suis aveugle à tes imperfections !

Ike se mit à trottiner maladroitement vers la maison. Mrs Winslow Denstrie Sipe O'Rourke salua Milo.

— Bonjour, Mr Green. Quel temps magnifique, vous ne trouvez pas ?

Milo dit que oui, certes, il était magnifique.

CHAPITRE XIII

Milo entra dans le hall de l'hôtel et regarda autour de lui. Coves se tenait derrière le comptoir de réception et écoutait un homme que Milo reconnut : c'était Fougasse, le chef cuisinier. Coves avait l'air stressé. Milo s'installa dans un fauteuil.

La vie de l'hôtel s'écoula autour de lui. Le groom courait ici et là avec des martinis, des whisky-soda, des Old-Fashioned, parfois un cognac pour le Révérend Dowbrett ou un Gin pahit pour Mr Craintree Bezemer, l'explorateur. Des mots passionnés lui parvinrent aux oreilles en provenance de la réception : « ... les ortolans ? ... gredins, scélérats... »

Enfin, Coves sembla libre, et Milo s'approcha du comptoir.

— Ah, bonjour, Mr Green, fit Coves.

— Bonjour, dit Milo. (Il s'éclaircit la gorge.) Dites-moi, Mr Coves, simplement comme ça, n'auriez-vous pas remarqué quoi que ce soit de suspect dans l'hôtel ?

Coves prit un air inquiet.

— Pourquoi une telle question, Mr Green ?

Milo lui raconta sa mésaventure. Après avoir écouté avec la plus grande attention, Coves s'exclama :

— C'est impensable, Mr Green !

— Et vous-même, demanda Milo d'un air dégagé, vous étiez au lit la nuit dernière entre minuit et deux heures du matin ?

— Mais oui, absolument, Mr Green. Je n'ai pas quitté l'hôtel ! Vous ne croyez pas... vous n'iriez pas jusqu'à soupçonner que...

Un petit homme brun aux manières précises, Mr Emmett Tharp, vint au comptoir pour prendre son courrier.

— Ce film à Monterey hier soir vous a plu, Mr Coves ? demanda Mr Tharp.

Coves devint rouge comme une pivoine.

— Heu, oui, oui, beaucoup, bégaya-t-il. Divertissant, très divertissant…

Mr Tharp hocha la tête et s'éloigna.

— Comme c'est étrange, dit précipitamment Coves à Milo qui restait silencieux. J'avais complètement oublié être allé sur la continent hier soir.

Milo demanda d'un ton glacial :

— Utilisez-vous *L'Odorant Prince* sur votre personne, Mr Coves ?

— Non, absolument pas, l'assura Coves.

Cecil Lissacutt s'approcha du comptoir.

— Mr Coves, avez-vous en stock d'autres eaux de toilette que *Eau de Fou* et *Démoralisant* ? Il me semble qu'il y avait de *L'Odorant Prince*, l'autre jour.

— Ah, ça ! *L'Odorant Prince* ! Je croyais que vous aviez dit… je pensais… Non, Mr Lissacutt, rien d'autre.

Milo sortit de l'hôtel et traversa la selle rocheuse séparant la prairie de Coves de celle de Miss Pickett. Il remonta l'allée de gravier et entra dans l'Académie avec l'impression de pénétrer dans une caverne hantée.

Une jeune fille vêtue de l'uniforme sombre de l'école le croisa dans le couloir, et lui lança par-dessus son épaule un regard plein de curiosité.

— Où puis-je trouver Miss Marlowe ? demanda Milo.

— Elle est dans le bureau, répondit la jeune fille en lui désignant une porte.

— Merci.

Il alla frapper à la porte.

— Entrez, fit une voix. Oh, dit Celia, c'est toi. (Elle se leva.) Qu'est-ce que tu fais ici ? Tante Lydia va t'écorcher vif si elle t'attrape.

— Celia, dit Milo d'un air sévère, que faisais-tu à minuit la nuit dernière ?

— Ma foi, dit Celia très perplexe, j'étais au lit.

— Peux-tu le prouver ?

— Que veux-tu dire exactement par là, Milo Green ?

— J'ai reçu un coup sur la tête la nuit dernière, et je vérifie les alibis de tous les occupants de l'île.

Celia fut sidérée.

— Et tu crois que c'est moi qui t'ai cogné sur la tête ?

— Non, pas du tout, mais je tenais à être systématique.

— Systématique ? Complètement lunatique, oui, dit-elle en éclatant de rire. Alors, sur qui as-tu… enquêté pour l'instant ?

— Mr Archer, Mr Ottenbright, Ike O'Rourke, Coves – et maintenant, toi et Miss Pickett.

— J'imagine que tout le monde a un alibi sauf nous ?

— Au contraire, dit Milo, personne n'en a. Et tout le monde semble avoir vu l'homme qui m'a frappé. Il a flanqué un œil au beurre noir à Archer, et Ike O'Rourke lui en a donné un aussi.

— Milo, dit Celia, tu es un idiot. Tu as probablement fait une fausse manœuvre sur ton bateau, et tu as reçu la bôme sur le crâne.

— J'étais sur le ponton.

— Mais d'abord, qu'est-ce que tu étais allé faire sur le continent ? Et avec qui as-tu picolé ?

— Je suis allé chercher mon courrier, dit Milo d'un air très digne. Et j'ai juste bu une bière ou deux avec un ami.

— Hum… La poste ferme à 18 heures, tu rentres ici à deux heures du matin. Tu as vraiment réussi à les faire durer, ces deux bières.

— Le vent est tombé, je me suis retrouvé encalminé…

Celia lui tapota affectueusement la joue.

— Alors, l'écriture, ça avance bien ?

— Pas mal.

— C'est toujours ce dont tu me parlais l'autre jour ?

— Non, dit Milo. J'ai décidé de publier un magazine mensuel.

Celia recula d'un pas, les mains sur les hanches.

— Oh, Milo, pourquoi n'essaies-tu pas de faire autre chose que d'écrire de la poésie ? De la façon dont tu t'y prends, tu n'arriveras jamais à rembourser ta maison. Il y a d'autres moyens de gagner de l'argent, tu sais.

— Lesquels ? demanda Milo d'un air maussade.

— Eh bien… l'agriculture, par exemple.

Milo ricana.

— Où est-ce que je pourrais pratiquer l'agriculture ? Il n'y a que des collines dans mon secteur.

— Sur les collines, on fait pousser du riz. Au Siam, en Chine, dans les Philippines. J'ai vu des photos. Ils construisent des terrasses, et puis ils inondent le tout et ils plantent du riz. Ou bien tu pourrais planter du ginseng. On peut se faire beaucoup d'argent avec ça.

Milo la regarda bouche bée.

— Du ginseng ? Qu'est-ce que c'est que ça ?

— J'ai vu hier une publicité dans un magazine. Elle disait qu'on peut se faire dix mille dollars par hectare. Je crois que ce sont les racines qui ont de la valeur. Attends, je vais la chercher.

Elle revint une minute plus tard et feuilleta le magazine jusqu'à ce qu'elle trouve la publicité en question. Elle lut :

CULTIVEZ DES RACINES DE GINSENG !

GAGNEZ DIX MILLE DOLLARS PAR HECTARE PLANTÉ
AVEC NOS SEMENCES !

Cette plante aux grandes vertus médicinales
peut pousser n'importe où.

NOUS ACHETONS VOTRE RÉCOLTE !

Pour seulement deux dollars, nous fournissons les semences
pour tout un hectare.

⤳ COMMENCEZ DÈS AUJOURD'HUI ! ⤶

L'illustration représentait un solide gaillard en salopette et coiffé d'un chapeau de paille, avec un ranch en arrière-plan.

— Voilà, dit Celia. Nous allons tout de suite écrire pour recevoir des semences.

Elle déchira la publicité et la colla sur une carte, en ajoutant l'adresse de Milo au-dessous.

— Je n'ai pas deux dollars sur moi, dit Milo.

— Je vais te les prêter, et nous enverrons la lettre en courrier spécial par avion. Et maintenant, rentre chez toi et commence à dégager un hectare de terrain.

Milo lui prit les mains.

— Celia.

— Oui, Milo ?

— Je t'aime.

— Vraiment ?

— Oui. On ne pourrait pas aller dans un endroit un peu plus intime ? J'ai une drôle de sensation entre les omoplates – presque comme si ta tante me regardait fixement la nuque.

— C'est effectivement ce qu'elle est en train de faire, dit une voix derrière lui.

Milo se retourna vivement et se trouva nez à nez avec Miss Pickett.

— Quelle est la raison de votre présence ici, Mr Green ? Vous devez savoir que vous n'y êtes pas le bienvenu.

— Exactement, dit froidement Milo. Je venais juste pour m'informer. M'avez-vous frappé avec un bâton la nuit dernière ? Sur la tête, un bâton d'une cinquantaine de centimètres, dans un bois relativement dur ?

— Non. C'est tout ce que vous vouliez savoir ?

— C'est tout – sauf qu'il est peut-être de mon devoir de vous prévenir qu'il y a quelqu'un sur cette île prêt à commettre les actes les plus fous – apparemment par pure méchanceté. Il pourrait même mettre le feu à votre Académie !

— Avez-vous une preuve de ce que vous avancez ?

— La preuve, répondit Milo, réside dans une cicatrice sur mon cuir chevelu et dans l'œil au beurre noir de Mr Archer – tous deux résultant de coups reçus sur l'Île aux Oiseaux. Vous, Miss Pickett, pourriez être la prochaine victime.

Miss Pickett blêmit et porta sa longue main décharnée à son cou.

— Vous croyez vraiment que…

— Oui, dit Milo. Cet homme – si c'est un homme – ne reculera devant rien.

— Mais que pouvons-nous faire ? demanda Miss Pickett d'une voix chevrotante.

Milo s'éclaircit la gorge.

— Je passerai ici de temps en temps, pour m'assurer que tout va bien.

— Oh, Mr Green, ce serait si gentil de votre part, dit Miss Pickett. Mais je me demande si nous ne devrions pas appeler la police…

Milo haussa les épaules.

— En quoi cela pourrait-il nous aider ? Quand l'agent de police est sur les lieux, le criminel se tient tranquille. Quand la voie est dégagée, il s'en va ici et là, rôdant, assommant les gens…

— Ah, mon Dieu ! s'exclama Miss Pickett.

— Bon, eh bien, dit Milo, il faut que j'y aille, maintenant.

— Je vais te raccompagner un bout de chemin, proposa Celia en se levant de son fauteuil.

Miss Pickett se raidit.

— Celia.

Celia se rassit timidement.

— Je crois que je ferais mieux de terminer ce graphique…

Milo prit congé à contrecœur.

* * *

Le paquet de semences de ginseng arriva. Milo fouilla dedans, en espérant y trouver un mode d'emploi, mais en vain. Il les planta donc en rangées sur l'hectare de sol qu'il avait retourné, tassa la terre, arrosa avec prodigalité, et rentra dans sa maison pour y attendre la suite des événements.

Dix mille dollars par hectare – cela signifiait-il dix mille dollars par an ? Dans ce cas, songea Milo, il serait peut-être intelligent de planter quelques autres hectares. Il se demanda pourquoi les vendeurs de semences se donnaient tout ce mal, alors qu'il leur serait bien plus profitable de les planter directement…

On sonna à la porte. Il regarda sa montre – dix heures du soir.

Deux silhouettes furtives se tenaient dans le noir.

— Oui ? Qu'est-ce que c'est ?

Les deux ombres s'avancèrent, et Milo se détendit en reconnaissant Coves. L'autre homme était Mr Turk, le détective de l'hôtel.

— Nous sommes désolés de vous déranger ainsi, Mr Green, dit Coves en jetant un rapide coup d'œil par-dessus son épaule. Mais Mr Turk effectuait sa ronde autour de l'hôtel, et il a vu une forme sombre, qui s'est enfuie à son approche – dans cette direction, pense Mr Turk. Nous nous demandions…

Il ne termina pas sa phrase.

— Non, dit Milo, je n'ai vu personne. Mais je suis resté dans mon bureau toute la soirée. (Il claqua des doigts.) C'est certainement le type qui m'a assommé ! Le temps de mettre un pull, et je vous accompagne.

Il courut vers un placard et enfila un pull-over bleu marine avant de rejoindre les deux hommes qui attendaient dehors en silence.

Milo referma la porte derrière lui, et les trois hommes redescendirent le long de la route en tâtonnant dans le noir – car une épaisse brume cachait les étoiles. Un vent venu de l'océan leur projetait des gouttelettes sur le visage. Tandis qu'ils commençaient à s'habituer à l'obscurité, ils purent voir la silhouette sombre de la crête et des hauteurs centrales se détacher sur le fond du ciel presque noir. L'océan était totalement invisible.

Milo avança en tête jusqu'à la limite de la route qu'il avait aménagée.

— Il est probablement loin, maintenant, marmonna Coves d'une voix étouffée. Ça ne sert à rien de courir dans tous les sens et d'attraper une pneumonie…

— Silence ! siffla Mr Turk.

Ils entendirent une pierre rouler dans la pente de la colline, à une trentaine de mètres devant eux.

— Séparons-nous, proposa Milo. Nous pourrons l'encercler.

— Bonne idée ! dit Mr Turk. Mr Coves, attendez-nous ici. Mr Green, allez sur la droite, et moi, j'irai à gauche. Quand je sifflerai, nous convergerons vers lui.

Coves se retrouva seul. Seul dans la nuit et le vent, avec le ciel noir au-dessus de lui, la terre noire à ses pieds, et le néant de part et d'autre. Il n'aurait jamais dû se joindre à cette expédition… Il tourna le dos au vent et releva le col de sa veste, attendant qu'il se passe quelque chose.

Un coup de sifflet strident retentit dans les ténèbres en contrebas. Une silhouette s'accroupit et s'avança lentement vers Coves.

— Halte ! cria celui-ci d'une voix tremblante.

L'homme s'arrêta, et commença à descendre précipitamment dans la pente.

De le voir battre ainsi en retraite réveilla chez Coves un instinct barbare et l'emplit d'un sentiment d'exultation. Il s'élança en criant de nouveau, d'une voix plus assurée :

— Halte !

— Ha ! beugla Mr Turk. Pas de ça, mon gaillard ! Je te tiens !

Coves alluma son briquet. Les trois hommes se penchèrent et virent un jeune homme au teint pâle, dans les dix-sept ans, vêtu d'un pull rouge sur lequel était brodé un S blanc.

— Hum… fit Mr Turk. Stanford, hein ? Qu'est-ce que vous faites à rôder comme ça dans le noir ?

— Oui, renchérit Coves comme en écho, qu'est-ce vous fricotez exactement, espèce de jeune gredin ?

— Je n'ai rien fait du tout, protesta le jeune homme. Laissez-moi tranquille !

— Qu'y a-t-il dans ce sac ? demanda soudain Milo.

Il se baissa pour prendre un sac en papier. Le prisonnier poussa un cri plaintif :

— Hé, faites attention ! Ne les mélangez pas ! J'ai treize variétés, il me suffit d'encore deux…

— Treize variétés de quoi ? demanda Mr Turk d'un ton menaçant.

— De fiente d'oiseau… répondit piteusement le jeune homme.

— De la fiente d'oiseau ? Qu'est-ce que vous voulez faire avec treize variétés de fiente d'oiseau ?

— Quinze sortes différentes, précisa le jeune homme. Et je pourrai être initié dans la confrérie Tri-Omicron. Et maintenant, laissez-moi me relever, je ne suis pas un criminel.

— Vérifiez le contenu de ce sac, Mr Green, dit Mr Turk.

Avec précaution, Milo en sortit un certain nombre d'enveloppes en cellophane. À la lueur vacillante du briquet de Mr Coves, il lut les étiquettes : « Bécasseau », « Moineau », « Mouette », « Canard », « Poulet »…

Milo remit les sachets dans le sac.

— Vous ne trouverez pas de sternes ici, dit-il. Quelques pinsons à gros bec, peut-être, mais pas de sternes.

— Vous avez entendu ? aboya Mr Turk. Alors maintenant, fichez le camp de l'île !

* * *

Milo se leva à 6 heures. Il se fit du café, des toasts et des œufs brouillés, pressa des oranges, et s'installa à sa grande table de bois poli pour prendre son petit déjeuner. Il descendit ensuite sur le flanc de la colline afin d'inspecter sa plantation de ginseng, à la recherche de jeunes pousses. Au bout de cinq minutes, n'ayant rien trouvé, il se releva et s'épousseta les genoux. Il examina le terrain environnant en se demandant s'il ne devrait pas en semer davantage. Dix mille dollars par hectare ! Cinq hectares, cinquante mille dollars ! Ou s'il faisait deux récoltes par an, deux hectares et demi lui rapporteraient la même somme. Avec trois récoltes annuelles, un peu moins de deux hectares…

Après le déjeuner, il descendit jusqu'à l'hôtel, où il s'était arrangé pour recevoir son courrier. Il y avait une lettre de la Compagnie de Plantation de Ginseng, Boîte Postale 523B, Steuvenville, Ohio. Milo décacheta l'enveloppe.

> Cher Monsieur,
> Suite à une malencontreuse erreur, nous avons négligé de joindre les instructions de semis à notre récente expédition de graines de ginseng. Nous remédions à cette omission par la présente.
> Veuillez agréer, Monsieur, l'expression de notre considération distinguée.
> R. Bingham, directeur commercial

Milo parcourut le document joint.

> Plantez les graines à cinq millimètres d'intervalle et à une profondeur de cinq millimètres dans un mélange de terreau humide, de sphaigne des marais et de sable fin de Coraland (disponible dans notre catalogue). Laissez germer dans une serre à une température constante de 31 °C, avec un taux d'humidité ne dépassant pas 70 %, afin de protéger les jeunes plants délicats des champignons du type *Sporillia Mortephytes*. Le terreau doit être maintenu légèrement humide, sans excès. Quand les plantes ont deux ans, transplantez-les dans un sol légèrement acide, ombragé et bien drainé, dans un site à l'abri du vent. Procédez à une pulvérisation mensuelle à l'aide du Polyprotecteur Spécial Ginseng (également disponible dans notre catalogue) contre les pucerons, les chenilles et les mouches à ginseng. Protégez ces plants fragiles

du gel pendant les mois d'hiver grâce au Paillis de Type Ginseng
(à présent en stock). Quand les plantes ont huit ans, procédez à
la récolte avec l'Arracheur de Racines Double Action (disponible
dans notre catalogue)…

Milo déposa soigneusement la lettre dans l'âtre et se retira dans
son bureau, où il passa l'après-midi à se préparer des cocktails qu'il
déposait sur son train électrique pour se les envoyer à lui-même.

CHAPITRE XIV

Tel un ballon de baudruche gonflé à l'air comprimé, le petit monde bien ordonné de Miss Pickett lui explosa à la figure.

Au cours des dernières semaines, elle avait remarqué la cessation étrange des récriminations de Madeline Cheabrough – la plus versatile des trublions de l'Académie – ainsi que de ses deux acolytes, Skippy Ballard et J.B. Carr. Miss Pickett avait été heureuse de voir que les jeunes filles se soumettaient enfin à la discipline, et c'est peut-être pour cela qu'elle avait quelque peu relâché sa vigilance habituelle.

Et puis, soudain, Mrs Cheabrough franchit le seuil de sa porte d'un pas décidé.

— Ah, Mrs Cheabrough… commença Miss Pickett.

Sa visiteuse lui mit un magazine sous le nez.

— Regardez ça !

La voix de Mrs Cheabrough était chargée d'une intense émotion.

Miss Pickett prit le magazine d'une main tremblante.

— Où est Madeline ? dit Mrs Cheabrough. Faites-la venir immédiatement !

Miss Pickett releva lentement les yeux du magazine.

— Sue, dit-elle à une élève, allez chercher Madeline Cheabrough, je vous prie.

Elle se replongea dans le magazine *L'Art du Nu*. Il était ouvert à une page bien écornée. On y voyait une scène bucolique – un arbre, une jeune femme examinant quelque chose dans les branches au-dessus de sa tête, sans doute un nid. L'arbre était indubitablement un cyprès de Monterey, et la jeune naturiste indéniablement Madeline.

— Miss Pickett ! dit Mrs Cheabrough. Comment expliquez-vous cette chose effroyable ?

L'ample poitrine de Miss Pickett se souleva lentement.

— Je ne comprends tout simplement pas. (Prise d'un soupçon soudain, elle feuilleta fébrilement les autres pages.) Oh ! fit-elle.

Car là, sous ses yeux, Miss Skippy Ballard se penchait de façon provocante pour admirer un groupe de pâquerettes, et un peu plus loin, elle trouva la séduisante Miss J.B. Carr allongée sur le ventre dans le sable, avec le soleil qui jouait sur ses omoplates et sa plante des pieds.

— Mon Dieu ! dit Miss Pickett d'une voix étouffée. Mon Dieu !

Madeline s'approcha d'un pas léger.

— Hello, Maman. Qu'est-ce qui peut bien t'amener ici ?

Mrs Cheabrough brandit le magazine.

— Madeline – que signifie ceci ?

Madeline jeta un coup d'œil au journal.

— Hum… Voilà le résultat, finalement. Pas mal du tout. On voit un peu trop les côtes, peut-être – mais d'un autre côté, c'est la mode aujourd'hui.

— Tu sais qui m'en a parlé ? s'cria Mrs Cheabrough. Mrs Hugh !

— Ah ! fit Madeline en hochant la tête. Je parie que c'est ce sale petit Dicky Hugh qui l'a repéré.

— Est-ce que tu te rends compte que toute la ville est au courant ? Que ta réputation est détruite ?

— Je ne vois pas pourquoi, dit Madeline d'un ton raisonnable. Il faut bien que quelqu'un pose pour ce genre de photos. On s'est fait cinq dollars chacune, ce jour-là.

— *Ce jour-là !* s'exclamèrent Mrs Cheabrough et Miss Pickett à l'unisson. Tu veux dire qu'il y en a eu d'autres ?

— Chaque dimanche.

Mrs Cheabrough se tourna vers Miss Pickett et se lança dans une véhémente diatribe. Au milieu du quatrième thème, elle s'interrompit brusquement.

— Je suis épuisée, dit-elle d'une voix brisée. Complètement épuisée ! Oh, Madeline…

En titubant, elle se laissa tomber dans un fauteuil.

Debout au milieu de la pièce, Miss Pickett ne savait que faire.

Madeline s'éclaircit la gorge, et Miss Pickett se retourna vers elle en la foudroyant du regard.

— Vous savez, Miss P., dit rapidement Madeline à voix basse, je peux arranger toute cette affaire – mais il y a un prix à payer. (Elle jeta un coup d'œil vers sa mère, tassée dans son fauteuil.) Si Maman décide d'en faire tout un plat, vous êtes fichue – vous et toute l'Académie. La publicité, le scandale...

Miss Pickett pinça les lèvres.

— Et donc, poursuivit Madeline, moyennant quelques concessions, comme par exemple des bals hebdomadaires, pas de limite à notre argent de poche, sorties autorisées le vendredi et samedi soir, glace au dessert trois fois par semaine, danses dans le hall avec des disques – bref, une libéralisation complète de la politique –, j'accepte de porter le chapeau et de convaincre Maman de me laisser ici. Et je sais que si elle ne fait rien, Mrs Ballard et Mrs Carr ne feront rien non plus, parce qu'elles sont béates devant Maman. Alors, c'est d'accord ?

— Vous ne reculez donc devant rien...

— Vous feriez mieux de vous décider rapidement, dit Madeline. Voilà Maman qui revient à elle.

— C'est d'accord... soupira Miss Pickett.

Madeline se dépêcha de rejoindre sa mère qui tentait péniblement de se relever.

— Reste assise, Maman chérie, dit-elle. Il y a eu une terrible erreur. Miss Pickett n'y est absolument pour rien. Laisse-moi t'expliquer. Les filles et moi, on a pris ces photos nous-mêmes – pour nous aider à mieux dessiner, le modelé des muscles, les lumières et les ombres, tout ça. Un album de photos d'art coûte cinq dollars – et c'est donc ce que chacune de nous a économisé. Bon, Skippy a emporté la pellicule pour la faire développer, et elle a perdu la bobine à Monterey. Quelqu'un a dû la trouver et en a fait faire des tirages, et s'en est servi de cette façon ignoble. Il y a vraiment des gens capables de tout...

* * *

Le lendemain, Miss Pickett organisa une assemblée générale des élèves. Son message fut bref :

— On m'a laissé entendre que vous aimeriez gérer vous-mêmes

vos activités sociales à travers divers comités et présidences, et ainsi de suite. Si tel est le cas, vous avez mon autorisation, à condition que ces activités périscolaires ne nuisent pas à votre travail en classe… Je suis persuadée que vous saurez toutes faire preuve de retenue, et peut-être même vous imposer un certain nombre de règles de bon sens. J'ai décidé de me consacrer uniquement à l'aspect académique de votre existence ici, parce que je pense que vous avez toutes la maturité et l'intelligence nécessaires pour vous débrouiller seules.

« Autre chose : j'ai également décidé de lever toute restriction concernant votre argent de poche. Je tiens cependant à vous rappeler que l'ostentation et la vulgarité sont synonymes, et qu'une consommation immodérée de sucreries est néfaste au teint, à la digestion et à la silhouette.

« Pour ma part, je pense que Clarissa Landowne fera une excellente présidente par intérim. Je vais à présent vous laisser, et vous allez pouvoir désigner vous-mêmes vos comités.

Miss Pickett quitta la pièce d'un pas raide, et les jeunes filles se remirent de leur choc suffisamment à temps pour l'applaudir spontanément.

Une heure plus tard, les élèves de l'Académie de Miss Pickett avaient formé leur gouvernement. Il y avait une Présidente, une Secrétaire-Trésorière et un Comité Exécutif. Il y avait un Comité des Réclamations et un Comité des Affaires Judiciaires et un Comité des Divertissements. Elles votèrent résolution après résolution. L'une des premières fut d'organiser un Premier Grand Bal Annuel dans trois semaines.

Aussitôt après la fin de l'assemblée, chaque jeune fille se retira dans sa chambre pour écrire une lettre d'invitation à un garçon qu'elle appréciait plus particulièrement.

Quand on l'informa de la tournure que prenaient les événements, Miss Pickett se contenta de serrer les dents en silence.

CHAPITRE XV

Une ombre passa sur le visage de Coves qui vérifiait sa comptabilité derrière son comptoir. Il leva les yeux et vit Tiger Joe Connolly.

— Bonjour, Mr Coves, dit Tiger Joe. (Apercevant Rexie, il ajouta :) Ah, voilà ce mignon petit chat. *Ch'k, ch'k, ch'k !* Comment va, mon minou ?

Rexie se détourna pour contempler le mur.

— L'hôtel a l'air vraiment bondé, hein, Mr Coves ? dit Tiger Joe avec cordialité.

— Oui, Mr Connolly, il l'est, effectivement.

— Vous devez vous faire un joli paquet.

— Les affaires marchent raisonnablement bien, dit Coves d'un air distant.

— Ça me fait plaisir de l'entendre. J'aime ça quand un endroit marche bien. Surtout un bel endroit comme celui-là.

Coves acquiesça et se remit à ses comptes.

Le lendemain matin à 7 heures, Coves se leva, se brossa les dents et se passa un peigne dans les cheveux avec une grande précision. En entrant dans le hall, il fut étonné de voir Mr Emmett Tharp en robe de chambre, qui sortait apparemment de l'aile du personnel.

Le front sombre de Mr Tharp était plissé.

— Mr Coves, j'apprécie l'extension de vos services – mais pour l'instant, ils sont encore incomplets. Les chaussures ne m'ont pas été rendues.

— Les chaussures ? répéta Coves.

— Oui, exactement, dit sèchement Mr Tharp. Où sont-elles ?

— Ma foi, Mr Tharp, bégaya Coves en remarquant tout à coup que Mr Tharp était pieds nus, où les avez-vous laissées ?

— Devant ma porte, évidemment – comme votre affiche le précisait.

Coves jeta un coup d'œil autour de lui.

— Quelle affiche ?

Mr Tharp désigna une affichette sur le palier du premier étage. Coves se hâta d'aller l'examiner. Il y était écrit en grosse lettres noires :

AVIS À LA CLIENTÈLE

Avant de vous retirer pour la nuit, déposez toutes vos chaussures et bottes devant la porte de votre chambre. Elles seront nettoyées et cirées à titre gracieux, et vous seront retournées avant demain matin. Il en va de même pour les pantoufles, mocassins, sabots et galoches.

La Direction

— Vous voyez ? dit Mr Tharp.

Coves s'assit sur une marche.

— Je ne suis absolument pas au courant…

Coves dut affronter l'hostilité de ses clients, dont chacun portait aux pieds des improvisations primitives, ou était carrément pieds nus.

— Mr Coves, aboya Mr Boyce, j'imagine que la satisfaction que vous éprouvez suite à cette farce incroyablement stupide doit commencer à s'estomper. Voulez-vous bien, je vous prie, procéder immédiatement à la redistribution de nos chaussures ?

— Si c'est une plaisanterie, grommela Mr Craintree Bezemer, elle est particulièrement idiote.

— Messieurs, s'il vous plaît ! s'exclama Coves en tendant les mains. Je vous assure que je n'ai pas la moindre idée d'où peuvent se trouver vos chaussures ! Il y a une terrible erreur…

— Une erreur ? À d'autres ! rugit un homme au visage rubicond. Si vous ne savez pas où sont nos chaussures, qui donc le sait, alors ?

— Attendez deux secondes, dit Mr Turk. Ce n'est probablement pas la faute de Mr Coves. Tirons cette affaire au clair.

Tiger Joe descendit les marches, ses grands pieds chaussés de confortables chaussures noires.

— Hé, s'exclama Mr Boyce, vous avez vos chaussures aux pieds !

Tiger Joe acquiesça.

— Comment ça se fait ? Pourquoi n'avez-vous pas déposé vos chaussures devant votre chambre ? s'enquit une voix dans la foule.

— Oh, je voulais éviter de donner du mal à Mr Coves, répondit Tiger Joe. J'ai pensé qu'il aurait déjà assez à faire avec tous les autres clients.

Mr Boyce se dirigea d'un pas décidé vers l'escalier.

— Je quitte cet hôtel. Et qui plus est, si jamais quelqu'un me parle de l'Hôtel de l'Île aux Oiseaux, j'aurai certainement bien des choses à dire.

— Mr Boyce ! s'écria Coves. Juste un instant ! Je suis sûr qu'il y a une explication !

Mr Boyce s'arrêta.

— Donnez-moi simplement mes chaussures, et je me dispenserai des explications.

La porte du hall s'ouvrit et Al Carper entra.

— Salut la compagnie.

Il jeta un coup d'œil interloqué aux pieds nus des clients rassemblés, puis il alla déposer un paquet de courrier sur le comptoir de la réception.

— Où sont passées leurs chaussures ? demanda-t-il à Coves.

— Disparues.

— Je crois savoir ce qu'elles sont devenues. En venant ici, j'ai vu tout un tas de chaussures, de pantoufles et de trucs comme ça qui flottaient au milieu de la baie. Ça devait être les vôtres.

Une idée soudaine prit naissance derrière le front couvert de sueur de Coves.

— Messieurs ! s'écria-t-il. Je crois que je connais la réponse !

— Eh bien ? fit Mr Tharp d'un air sévère.

— Quelqu'un est en train d'essayer de me ruiner.

L'homme au visage rougeaud éclata d'un rire sarcastique. Mr Boyce se détourna avec dégoût.

— Attendez un peu ! beugla Mr Turk. Laissez Mr Coves vous expliquer !

— Messieurs, dit Coves, je vous assure qu'il s'agit d'un sabotage.

— Bah ! fit Craintree Bezemer. Qui voudrait vous saboter ? Ça ne peut pas être un concurrent, il n'y a pas d'autre hôtel sur l'île.

— Il ne s'agirait pas de concurrents, répondit Coves. Ce serait des gangsters.

Les visages continuèrent de le regarder avec incompréhension.

— Vous avez sans doute droit à une explication, mesdames et messieurs. (Coves regarda un instant sa caisse enregistreuse, puis Mr Turk, et enfin Rexie par-dessus son épaule.) Cette île, dit-il enfin, était autrefois un repaire de gangsters. Quand ils ont été arrêtés, j'ai acheté l'île dans une vente aux enchères. C'était il y a plusieurs années, bien sûr. Mais aujourd'hui, je ne serais pas surpris qu'ils aient l'intention de se réinstaller ici. Il s'est produit un certain nombre d'incidents fort déplaisants. Mr Green a été agressé, et nous avons aperçu des rôdeurs. Voilà, c'est tout ce que je sais. J'ai posé toutes mes cartes sur la table.

Pendant cet exposé, les expressions s'étaient lentement modifiées – passant de la colère au scepticisme, puis à l'intérêt, et enfin à la conviction.

L'homme au visage rougeaud alluma un cigare.

— Vous pensez donc que quelqu'un – un membre du gang – a volé nos chaussures uniquement pour vous ruiner ?

— J'en suis certain, dit Coves.

— Quel tour infect ! s'exclama Cecil Lissacutt.

— Ignoble, parfaitement ignoble, dit Mrs Pedro Charmington que sa bonne, Ottilie, tenait dans ses bras.

— Ma foi, en ce qui me concerne, déclara Mr Boyce, je ne suis pas homme à me laisser intimider. Je reste ici.

— Naturellement, dit tristement Coves, je remplacerai vos chaussures.

— Pas du tout, répondit Mr Boyce. Les miennes étaient déjà bien usées. J'aimerais simplement mettre la main sur le gredin qui me les a volées.

— Gentlemen ! s'écria Craintree Bezemer. J'ai une idée qui pourrait nous convenir à tous. Nous voici réunis, un certain nombre d'hommes et de femmes intelligents, qui n'avons rien d'autre à faire que de profiter de nos loisirs. Un crime vient d'être perpétré sous nos yeux. En fait, nous en avons été personnellement les victimes. Si cela s'était produit au Congo, j'aurais mis la main sur cette canaille et je lui aurais fait demander grâce à genoux ! Je propose que nous déployions tous nos efforts afin de trouver le coupable. Il doit être ici parmi nous, comme le prouve cette affiche.

— Je suis avec vous, déclara Mr Tharp.

— Excellente idée, dit Cecil Lissacutt.

— Je ferai de mon mieux, annonça Mrs Pedro Charmington.

Tiger Joe prit un air dubitatif.

— Il n'a probablement laissé aucun indice. Ça me semble beaucoup d'efforts pour rien.

— Il y a toujours des indices, expliqua Craintree Bezemer. Toujours un moyen de remonter la piste.

Tiger Joe rectifia son nœud de cravate.

— C'est sans doute une innocente plaisanterie…

Mr Boyce regarda les pieds de Tiger Joe confortablement chaussés, puis les siens, nus, tachetés de rouge, de bleu et de blanc du fait de leur exposition inhabituelle à l'air libre.

— C'est facile pour vous de trouver de l'humour dans cette situation.

Tiger Joe crispa ses poings massifs et projeta ses épaules en avant… mais croisant le regard de Mr Turk, adossé nonchalamment au comptoir, il grimaça un sourire doucereux.

— Ouais, vous avez raison, c'était vraiment une sale blague.

— Une sale blague ? dit sèchement Mr Boyce. Un véritable outrage, oui ! Non seulement à l'égard de Mr Coves, mais aussi envers moi ! Le coupable ne perd rien pour attendre !

Tiger Joe tira sur sa cravate, mit les mains dans ses poches et essaya de se faire discret.

— Aujourd'hui, donc, déclara Craintree Bezemer, nous allons nous procurer de nouvelles chaussures, et ensuite, Mr Coves, quand nous serons de retour sur l'île, nous localiserons le scélérat qui tente de ruiner vos affaires.

— Je ne sais pas comment vous remercier…

Coves prit conscience d'une silhouette sinistre qui se dressait sur le seuil.

Ike O'Rourke fit deux pas en avant et brandit son fusil.

— Lequel de vous est la vermine que je cherche ? (Il examina les visages tour à tour.). Allez, canaille, montre-toi si t'es un homme !

— Mr O'Rourke, bégaya Coves, que… quel est le problème ?

— Y a pas de problème, Mr Coves. Je vais juste faire passer de vie à trépas le gars qui a relâché mes baleines.

Coves le regarda fixement, incapable de dire un mot.

— J'ai suivi sa piste sur la colline, expliqua Ike. Elle allait vers l'hôtel, et puis j'ai perdu les traces dans le gravier. Mais j'ai bien l'intention de trouver cette vermine dans les parages.

— Vous voulez dire que toutes vos baleines sont… parties ?

— Toutes. Elles sont à trois cent kilomètres d'ici, à l'heure qu'il est, sauf une pauvre créature malade qui n'avait même plus la force de nager pour franchir la barrière.

Les clients s'étaient rassemblés en cercle autour d'eux et écoutaient avec intérêt.

— C'est probablement la même canaille qui a volé nos chaussures.

— Ce gredin aura eu une nuit bien occupée, dit un autre.

— Je ne peux tout simplement pas croire qu'un client de l'hôtel ait fait une chose pareille, Mr O'Rourke, protesta Coves.

— J'ai suivi sa piste jusqu'ici, dit Ike d'un ton accusateur.

— Il a pu continuer à côté de l'hôtel – gravir la colline. Mr Green l'a peut-être vu. Peut-être que Mr Green…

Coves se tut brusquement.

— Mr Green, hein ? (Ike réfléchit un instant.) J'ai toujours trouvé ce gars pas très net. (Il se gratta la barbe.) Il travaille pour ainsi dire pas. Non, il se prélasse dans sa maison là-haut, à faire des petites bricoles… (Il agrippa fermement son fusil.) Moi, je dis que ce Green est un bon à rien de feignant, et je suis prêt à jurer que c'est lui qui nous joue tous ces vilains tours.

— Ça paraît logique, dit pensivement Tiger Joe.

Des murmures approbateurs parcoururent l'assistance. Mr Boyce s'enfonça dans un fauteuil, pour soulager de son poids son pied atteint de la goutte.

— Nous devrions peut-être concentrer nos efforts sur ce Green. Mais nous devrons procéder avec prudence.

— Qu'est-ce qui se passe ? demanda Ike.

— Quelqu'un a volé nos chaussures, expliqua Mr Tharp. Sans doute le même homme qui a libéré vos baleines. Nous avons l'intention de le traîner devant la justice.

Ike grimaça un sourire.

— La justice, je vais m'en occuper moi-même, avec ma bonne vieille pétoire. (Il tapota la crosse de son fusil d'un geste significatif.) Tout ce que vous avez à faire, c'est me donner son nom.

Mr Tharp s'éclaircit la gorge.

— J'ai bien peur, Mr O'Rourke, que vous ne vous mépreniez sur le fonctionnement de la discipline civilisée. Si, en tant que citoyens, nous parvenons à trouver le coupable, nous serons naturellement obligés de le remettre aux mains des autorités.

Ike poussa un grognement et dit à Coves :

— Bon, je repasserai, mais en attendant, il faut que je reparte attraper quelques baleines, si elles ne sont pas déjà toutes parties vers le sud.

Une clochette sonna dans la salle à manger.

— Le petit déjeuner est servi, déclara Coves.

Les clients de l'hôtel, une fois déterminés à démasquer le coupable, ne perdirent pas de temps. Chacun s'efforçait d'en faire plus que son voisin. Aucun effort ne fut épargné. Chaque occupant subit un interrogatoire et contre-interrogatoire mené par Mr Tharp. Craintree Bezemer documenta et analysa tous les éléments factuels de l'affaire. Mr Boyce, immobilisé par sa goutte, était assis en permanence dans le hall, plongé dans de profondes réflexions. Mr Lissacutt étudia les horaires des marées et détermina le temps nécessaire à la vedette d'Al Carper pour effectuer la traversée depuis Monterey.

Cependant, une fois que tous les indices eurent été rassemblés et chaque bribe d'information recueillie, le fait le plus frappant fut sans doute l'insistance avec laquelle chacun protestait de son innocence, et aucun piège ni stratagème ne parvint à mettre en défaut le moindre témoignage, pas même celui de Milo Green.

* * *

Le troisième jour après le vol des chaussures et la libération des baleines fut fertile en péripéties.

L'existence ne s'était aucunement simplifiée pour Rexie.

L'hallucination de souris continuait de rôder dans l'hôtel. Par trois fois maintenant, Rexie s'était rué sur l'illusion, et par trois fois, cette répugnante créature l'avait copieusement rossé. Et puis il y avait les actes malveillants de Coves – en qui il avait eu jusque-là toute confiance –, qui l'avait attrapé et enduit sa blessure de toutes sortes de substances étranges – des onguents âcres et des lotions brûlantes. Si seulement on voulait bien le laisser tranquille ! Il n'avait que deux ressources : se rouler dans la boue de la prairie pour apaiser ses démangeaisons, et manger du fromage dans le sanctuaire sous l'hôtel.

La journée en question débuta pourtant assez bien. Il savoura son petit déjeuner habituel de lait et de foie haché, puis il fit une promenade dans la prairie où il frotta son bobo dans la boue. De retour à l'hôtel, il sauta sur le comptoir à côté de Coves, s'installa confortablement et entreprit de se nettoyer les pattes.

Tiger Joe s'approcha. Rexie releva la tête, soudain inquiet, mais Tiger Joe lui chatouilla gentiment les côtes et le gratta derrière les oreilles – avec une sincérité si évidente que Rexie sentit que le malentendu était enfin dissipé, et que Tiger Joe et lui étaient en bonne voie de nouer une amitié gratifiante.

Un peu plus tard, Rexie eut l'occasion de traverser la terrasse. Apercevant Tiger Joe, il courut vers lui, la queue fièrement dressée.

— Ah, espèce de sale bête ! siffla Tiger Joe. Fiche-moi le camp d'ici avant que je te torde le cou !

Et il accompagna le départ de Rexie d'une bonne tape sur l'arrière-train.

Rexie s'enfuit sous l'hôtel. Pendant une heure, il y resta tapi, incapable même de penser.

Un arôme flotta devant ses narines. Bien sûr, le fromage ! Il se releva et se précipita dans la fromagerie.

Cette pièce et tout son équipement – étagères, cuves, tables, paillasses, cruches et presses – étaient à ses yeux son domaine personnel. Personne ne lui avait jamais disputé cette petite pièce sombre, et il en était venu à considérer la fromagerie comme un privilège dont il pouvait jouir à son aise.

Aujourd'hui, une nouvelle cuve remplie de lait caillé s'était matérialisée pour sa délectation. Il s'en approcha, posa les pattes sur le rebord et goûta le nouveau mélange. Le trouvant d'un goût excellent et d'une texture au-dessus de la moyenne, il s'installa pour festoyer.

Un bruit de pas derrière lui… Rexie releva la tête, mécontent d'être dérangé.

C'était Fougasse, qui s'arrêta sur le seuil. S'apercevant de la présence de Rexie, il laissa échapper un cri étranglé et fit un pas en avant.

— *Holà !* Qu'est-ce que c'est ? Espèce de sale voleur, je te tiens !

Il se rua vers Rexie, qui fit un bond en avant. Malheureusement, la cuve de lait caillé se trouvant dans cette direction, Rexie atterrit au beau milieu du liquide, où il fut englouti en un instant.

Il remonta à la surface en secouant la tête. Une grosse main le saisit, le hissa hors du liquide visqueux et le jeta sur le sol. Rexie s'enfuit sans demander son reste.

Fuir… Fuir la fromagerie, fuir le plus loin possible ! Quitter l'Île aux Oiseaux pour toujours ! Rexie traversa la prairie comme une flèche, sauta par-dessus les rochers, escalada la colline…

Un bâtiment gris s'éleva devant lui. Rexie hésita à peine : une fenêtre était complaisamment ouverte, et Rexie plongea à l'intérieur, où il se réfugia sous un fauteuil pour reprendre son souffle.

* * *

C'est vers onze heures et demie que Coves remarqua l'absence de Rexie, quand celui-ci ne se présenta pas pour son déjeuner. Il sortit derrière l'hôtel pour l'appeler, mais en vain.

Il retourna à son comptoir, le front soucieux.

Mr Turk s'approcha.

— Voyons, Mr Coves, souriez. Vous faites une vraie tête d'enterrement.

— C'est Rexie, dit simplement Coves. Je n'arrive pas à le trouver. J'ai cherché partout.

Mr Turk haussa les épaules.

— Il sera sans doute allé se promener quelque part. Je suis certain que personne ne voudrait l'enlever ni lui faire du mal.

Coves serra les poings.

— C'est justement la question que je me pose. Et si la personne qui a commis tous ces actes malveillants voulait encore aggraver les choses ? Elle pourrait… s'en prendre à Rexie rien que pour ajouter à la confusion.

Tiger Joe les rejoignit.

— Qu'est-ce qui se passe, Mr Coves ? Vous avez un souci ?

— Rexie a disparu, répondit Coves d'une voix blanche. Nous avons peur que quelqu'un l'ait enlevé.

Mr Turk mordit dans son cigare.

— Si c'est ce qui s'est passé, et si nous trouvons le responsable… ma foi, ce qui lui arrivera sera tant pis pour lui, c'est tout ce que j'ai à dire.

Tiger Joe gratta pensivement sa mâchoire proéminente.

— Eh bien… vous savez, je ne serais pas autrement surpris…

— Quoi ? demanda Coves.

— Oh… rien, répondit Tiger Joe.

— Vous avez vu quelque chose ? insista Mr Turk.

— Eh bien… j'ai vu ce gars, Green, qui passait par ici ce matin. Il s'éloignait de l'hôtel d'un air furtif, et il portait un sac sur l'épaule. J'ai trouvé ça bizarre, surtout quand j'ai vu que quelque chose semblait s'agiter dans le sac.

Mr Turk redressa les épaules.

— Bon, pas la peine de chercher plus loin. Nous savons, maintenant. Je vais prévenir Mr Bezemer et les autres. Nous allons régler son compte à ce Green une bonne fois pour toutes.

La nouvelle se répandit rapidement. Cinq minutes plus tard, une foule en colère était massée dans le hall.

Cecil Lissacutt dit :

— Vous savez, on ne peut s'empêcher d'admirer un bandit qui a du cran – qui vous fait face et se bat à la loyale. Mais un homme capable de s'en prendre à un animal innocent ne mérite aucune considération.

— Une créature dépravée, dit Mrs Charmington avec mépris.

— Alors, mes amis ? lança Craintree Bezemer. Qu'en dites-vous ? Êtes-vous prêts à monter là-haut pour lui demander ce qu'il a à dire pour sa défense ?

— Allons-y ! rugit l'homme au visage rubicond.

La foule se répandit au-dehors.

Rexie s'était endormi sous le fauteuil, et ce n'est que le tumulte de la meute gravissant la colline qui le tira de son sommeil. Il bâilla et s'étira, ce qui fit se craqueler la couche de fromage séché sur sa fourrure. Rexie se leva, secoua une patte, puis une autre. Il tenta un pas en avant, et la gangue de fromage se fendit.

Il prit conscience de son environnement. Il jeta un coup d'œil à droite et à gauche, huma l'air, fit quelques pas prudemment. Rien ne lui semblait familier.

Il entendit une porte s'ouvrir et des bruits de conversation. Rexie traversa la pièce en courant et se faufila dehors au soleil par la porte entrebâillée. Il continua sur le côté de la maison. Ce doit être l'heure de déjeuner, songea-t-il, et il se tourna vers la pente pour rentrer à l'hôtel.

Il entendit derrière lui un martèlement de pieds. Il jeta rapidement un coup d'œil par-dessus son épaule, coup d'œil qui lui montra une horde d'hommes aux visages grimaçants.

Rexie rabattit ses oreilles sur son crâne et s'élança telle une flèche sur le flanc de la colline.

CHAPITRE XVI

Milo se leva. Il travailla un moment à creuser sa route, puis il écrivit quelques poèmes et se prélassa au soleil. Vers une heure de l'après-midi, il posa une nappe à carreaux rouges et bleus sur la table, mit le couvert et déjeuna.

Un bruit. Milo leva la tête, écouta.

— J'ai dû laisser la radio allumée, marmonna-t-il. On dirait une foule. Probablement une histoire de gangsters.

Puis vint un grondement de tonnerre, des coups martelés à la porte. Milo alla ouvrir, et se trouva face à un homme rougeaud au regard furibond. Derrière lui se tenait une foule, parmi laquelle on pouvait lire sur chaque visage la rage et le dégoût.

— Qu'est-ce que vous voulez ? s'enquit Milo.

— Pour commencer, Mr Green, dit l'homme au visage congestionné, nous voulons le chat. Et ensuite, nous allons vous administrer la correction de votre vie et vous chasser de l'île. Vous n'êtes pas digne de vivre au milieu d'honnêtes gens.

— Allons, ordonna Mr Boyce, donnez-nous le chat. Vous ne faites qu'aggraver votre cas.

— Mais, protesta Milo, je n'ai pas de chat !

— Ha ! ricana Craintree Bezemer. On ne nous la fait pas, à nous !

Mr Boyce s'avança en boitillant.

— Alors ! rugit-il. Pour la dernière fois !

— Mais pourquoi vous mentirais-je ? s'écria Milo. Puisque je vous dis que je n'ai pas de chat !

Quelque chose le frôla, et en baissant les yeux, il vit une créature d'allure féline, recouverte d'une substance blanchâtre, qui se faufila entre ses jambes et s'enfuit derrière la maison.

Un rugissement s'éleva de la foule.

— Pas de chat, hein ? s'écria le rougeaud. Ah, espèce de scélérat, qu'avez-vous fait à ce pauvre animal ?

Il agrippa Milo par le col de chemise et le tira à l'extérieur.

— Je ne sais absolument rien de ce qui se passe ! protesta Milo. C'est une terrible erreur !

L'homme se tourna vers la foule.

— On lui flanque une raclée ici, ou bien on l'emmène à l'hôtel ?

— Ici !

Dans un effort désespéré, Milo réussit à le repousser et à se libérer, et il commença à dévaler la pente de la colline.

— Après lui ! cria Cecil Lissacutt en se lançant à sa poursuite.

La foule s'élança à son tour comme un seul homme.

Milo courut comme un fou, mais il se trouva bientôt acculé au bord de la falaise. Il s'arrêta, puis il tenta de se faufiler entre Mr Tharp et l'homme au visage rougeaud. Mais Craintree Bezemer se rua vers lui, et sa capture sembla inévitable.

Milo sauta du haut de la falaise.

* * *

Tapi derrière un rocher, Milo jeta prudemment un coup d'œil : c'était la fin de l'après-midi, et la chasse semblait abandonnée.

Il se remit à l'eau et nagea sur une quinzaine de mètres pour rejoindre l'île.

À sa gauche, au sommet de la crête, était perchée sa maison. Sur sa droite, la falaise redescendait vers la plage de Coves. Juste au-dessus était l'endroit d'où il avait sauté. Milo fit la grimace en repensant à sa chute et à sa plongée dans l'eau froide. Il avait nagé jusqu'à l'îlot et s'était hissé sur un rebord où il était resté tapi, en sécurité pour l'instant.

Ce rebord était le domaine d'une tribu de mouettes qui avaient tournoyé et glapi au-dessus de sa tête pendant une bonne partie de l'après-midi.

Milo cessa de nager un instant pour se laisser porter par les vagues, tandis qu'il cherchait un endroit où accoster. La falaise se présentait comme une muraille hostile, incrustée de coquillages à sa base. Il serait peut-être obligé de nager jusqu'à son ponton… Ah, non – un peu sur sa droite, il y avait un endroit où la roche était fracturée. En maintenant sa tête aussi haut qu'il le pouvait, il examina l'eau verte et limpide qui venait doucement lécher le gros bloc de roche grise. Par temps agité, les vagues devaient se précipiter en rugissant sur cet obstacle… Tiens, c'était bizarre – une tache sombre sur la falaise. Une grotte ? Milo se remit à nager en observant attentivement. Oui, c'était bien une étroite ouverture dans la roche.

Milo continua d'approcher en se demandant comment il avait pu ne jamais remarquer ce trou bizarre, alors qu'il était si souvent passé devant en bateau. Un coup d'œil par-dessus son épaule lui fournit la réponse : le gros rocher sur lequel il s'était réfugié cachait l'ouverture, sauf si par chance on passait entre lui et la falaise.

Intéressant, songea Milo. Mais l'eau était glaciale, et sa priorité du moment était de prendre une douche bien chaude, enfiler un pyjama et une robe de chambre, et boire un bon whisky. Il continua de nager le long du rivage, et finit par réussir à escalader la falaise.

Tout tremblant dans ses vêtements dégoulinants, Milo avança péniblement sur la crête et se retrouva enfin chez lui.

* * *

En boitillant, Rexie entra dans le hall de l'hôtel et sauta sur le comptoir. Avec un profond soupir de lassitude, il s'allongea à côté de la casse enregistreuse.

— Rexie ! s'écria Coves. Où étais-tu passé ? (Il tâta la fourrure du chat.) Mais qu'est-ce que…

Fougasse traversa le hall et aperçut Rexie.

— Ah, *tiens*, fit-il avec un rictus vindicatif. Ce chat va découvrir un événement désagréable, monsieur Coves, si jamais je le trouve encore au milieu des fromages.

Coves regarda fixement Fougasse, puis Rexie, et c'est alors que l'arôme dégagé par la fourrure du chat atteignit ses narines.

— Mais… on dirait qu'il est couvert de fromage.

— Exactement, dit Fougasse. À 10 heures ce matin, je suis allé inspecter la nouvelle cuve de lait caillé. *Voilà*, le chat était en train de festoyer comme un roi. Comme il se sentait coupable, il a sauté dans la cuve, et moi, Fougasse, je l'en ai extrait. Mais il est sans vergogne, celui-là. Voyez comme il a négligé de faire disparaître la preuve de son méfait !

— Eh bien, dit Coves, vous allez devoir mettre un verrou sur la porte.

— Il rampe sous le plancher, rétorqua Fougasse les yeux fixés sur Rexie et sa croûte de fromage.

Mr Turk, qui se tenait non loin de là, s'approcha en fronçant les sourcils.

— Mr Fougasse, vous dites que vous avez trouvé le chat dans le fromage à 10 heures ce matin ?

— Précisément.

Mr Turk se frotta le menton.

— Qu'a-t-il fait ensuite ?

— Il s'est enfui sur la colline.

Mr Turk se tourna vers Coves en hochant tristement la tête.

— J'ignore ce que Green avait dans son sac, mais en tout cas, ce n'était pas Rexie.

— Probablement des ormeaux, dit Coves d'une voix faible.

— Nous avons commis une grande injustice à son égard, déclara Mr Turk.

Coves se laissa tomber dans un fauteuil.

— Comment diable vais-je pouvoir lui expliquer ? Il pourrait nous intenter un procès. Nous prendre jusqu'à notre dernier centime.

Mr Turk remonta son pantalon et mâchonna son cigare d'un air décidé.

— Je vais monter chez lui et voir si je peux lui faire entendre raison. Si vous faites un geste, comme lui offrir un bon dîner, par exemple, cela pourrait l'amadouer.

— Bonne idée, dit Coves. Je vais le dire à Fougasse. Excellente idée, Mr Turk.

Une heure plus tard, Mr Turk revint d'un pas allègre.

— Eh bien ? fit Coves avec inquiétude. Green va venir ?

— Non, mais tout va bien en ce qui le concerne. Je lui ai présenté nos excuses collectives, et il m'a dit de ne pas nous faire de souci.

Coves se frotta les mains d'un air pas tout à fait convaincu.

— Pourquoi ne veut-il pas venir dîner ?

— Eh bien – il m'a dit qu'il devait aller chercher quelqu'un à la station d'autocars de Monterey. Un ami qui va venir passer une semaine ou deux chez lui.

* * *

Cela faisait quelque temps que Milo insistait pour que son vieil ami Mahmoud Singh, un mystique et étudiant en sciences occultes, vienne lui rendre visite, et Mahmoud avait enfin accepté.

Milo le retrouva à la station, où le turban jaune de son ami le rendait particulièrement repérable. Milo l'accueillit chaleureusement, puis il l'emmena sur le quai où son voilier était amarré.

Mahmoud s'installa avec précaution au milieu du bateau. C'était un homme de taille moyenne avec une silhouette en forme de concombre. Il avait un visage très rond et de grands yeux couleur cannelle. Ses mouvements étaient d'une grâce étudiée.

Le temps était ensoleillé mais quelque peu venteux, et les vagues étaient assez fortes et couronnées d'écume. Le voilier se comportait en conséquence, et Mahmoud Singh s'agrippait des deux mains aux plats-bords.

Milo lui montra sa maison au sommet de la crête, et Mahmoud Singh lâcha prise juste le temps d'esquisser un geste d'approbation.

— J'espère que tu prospères dans tes activités d'écrivain ? dit-il.

Milo fit la grimace.

— En fait – non.

— Quel dommage.

Milo manœuvra pour se placer le long du ponton et abattit la voile.

— Je n'ai pas vraiment le sens des affaires, dit-il. J'ai deux mois de retard pour mes remboursements d'emprunt.

Il sauta sur le quai et maintint le bateau pour permettre à Mahmoud Singh de se hisser lourdement sur les planches.

— Tu devrais chercher d'autres sources de revenus, dit celui-ci en rajustant son turban sur sa tête.

— Un trésor est censé être caché sur l'île, dit Milo. Je l'ai cherché partout, et j'imagine que tout le monde a fait comme moi.

— Ce sont peut-être tes méthodes qui laissent à désirer, suggéra

Mahmoud Singh en tapant d'abord d'un pied puis de l'autre pour ajuster le tombé de son costume de serge bleue.

— Comment ça, « laissent à désirer » ?

— As-tu projeté des Vibrations Inquisitrices ?

Milo reconnut qu'il n'avait pas recouru à cette méthode.

— J'imagine que tu t'es placé dans un état suprasomatique, naturellement ?

Encore une fois, Milo dut avouer sa négligence.

Mahmoud Singh soupira.

— Ce sont pourtant les premières choses qui devraient venir à l'esprit.

Milo regarda son invité avec une certaine acrimonie.

— Demain, peut-être, ou après-demain, tu pourras voir si tu arrives à le trouver toi-même.

— Comme tu voudras, répondit Mahmoud Singh d'un air impassible. Bien que, d'un autre côté…

— Quoi ?

— Non, rien.

Heureusement, les bagages de Mahmoud Singh étaient très légers, consistant simplement en quelques turbans, divers encens, une lotion pour les cheveux et une brosse à dents. Ils atteignirent enfin le sommet de la colline, et Milo le fit entrer dans sa maison.

Mahmoud Singh se déclara enchanté de tout l'aménagement, manifestant une approbation particulière pour l'escalier menant au bureau, avec sa galerie de divinités védiques.

Le dîner fut servi, et Mahmoud Singh annonça peu après qu'il avait trop longtemps négligé une discipline spirituelle qu'il appelait « se rendre dans le silence ». Déclarant qu'il serait occupé toute la nuit par ses concentrations, il se leva de table.

— Tu as l'air fatigué, dit Milo avec sollicitude. Tu ferais peut-être mieux de dormir.

— Dormir ? s'esclaffa le mystique. Bah ! Je n'ai pas de temps à perdre à une telle inactivité. Pour moi, le sommeil doit rester une chose rare jusqu'à ce que j'aie maîtrisé les *tattva*.

— Les *tattva* ?

Mahmoud Singh haussa ses sourcils noirs en souriant.

— Les disciples des écoles du Sankhya et du Yoga reconnaissent vingt-cinq principes – les *tattva* –, bien que le Yoga y ait ajouté un vingt-sixième, de nature théiste, à savoir le *Nirguna Purusha*, ou le soi dépourvu de qualités. Tu me suis ?

Dans l'ensemble, dit Milo, il suivait.

Sur ce, Mahmoud Singh lui souhaita une bonne nuit.

Le lendemain matin, en allant jeter un coup d'œil dans la chambre de son ami, Milo trouva l'ascète encore profondément plongé dans sa transe. Par chance, il était tombé dans son lit et non pas sur le plancher, et le hasard aidant, il s'était enfoncé sous les couvertures.

Milo lui tapota l'épaule, et Mahmoud Singh revint à la réalité en poussant un soupir.

— Bonjour, dit Milo. Un petit déjeuner, ça te dirait ?

— Ah… hum… fit Mahmoud Singh en se redressant sur un coude et en fixant Milo d'un regard vide. Le petit déjeuner. Oui. Excuse-moi, je vais réfléchir à ma tenue. Ah, aujourd'hui, dit-il d'un air pensif, le signe du lézard. Ce sera donc le turban bleu-vert.

Milo retourna dans la salle à manger, où Mahmoud Singh le rejoignit quelques minutes plus tard.

Après le petit déjeuner, Mahmoud Singh sirota son café, spécialement préparé au-dessus d'un petit réchaud en cuivre alimenté au crottin de chameau. Milo se pencha brusquement vers lui.

— J'ai réfléchi à ta proposition, dit-il.

Mahmoud Singh haussa poliment un sourcil interrogateur.

— À propos du trésor, expliqua Milo. Tu m'as dit que tu serais capable de projeter une sorte d'esprit astral.

— Ah, oui, effectivement. (Mahmoud Singh se passa élégamment une main sur le front.) C'est vrai. Et pourtant, aussi étrange que cela puisse paraître, quel trésor y a-t-il de plus riche et de plus complet que la tranquillité d'esprit ? Je te conseille, mon ami, de chercher la paix plutôt que l'expérience des Plans Supérieurs.

Milo fit un geste d'impatience.

— La paix et la tranquillité ? Alors que je reçois des coups sur la tête, quand je ne me fais pas pourchasser à travers l'île comme un renard ? Non, le moyen le plus commode pour moi de parvenir à la paix et à la tranquillité est de trouver le trésor et de prendre ma retraite.

— Le trésor est peut-être chargé d'une malédiction, suggéra Mahmoud Singh. Dans ce cas, je te rendrais un bien mauvais service.

Il ferma les yeux et se détendit encore plus complètement dans son fauteuil.

— C'est un risque que je suis prêt à courir, dit Milo avec insouciance.

Mahmoud Singh soupira.

— Bien… Bien… Cet après-midi, peut-être. Oui, cet après-midi, je projetterai une vibration inquisitrice à travers l'île. Si le trésor existe, nous le trouverons.

— Formidable ! s'exclama Milo. Même si en réalité, en ce qui me concerne… (Il jeta un coup d'œil à sa montre, mais croisant le regard interrogateur de Mahmoud Singh, il haussa les épaules.) Si tu veux, je vais te montrer ma plantation de ginseng.

— J'en serai ravi, dit Mahmoud Singh.

Tandis qu'ils parcouraient l'hectare de semis, Mahmoud Singh disserta sur tous les aspects de la racine de ginseng, bien que lui-même attribuât bien peu de pouvoirs particuliers à cette substance.

— Il est cependant vrai, ajouta-t-il, que certaines tribus népalaises préparent une infusion de ginseng dans de l'urine de tigre comme traitement spécifique de la congestion pulmonaire, avec, à ce qu'on dit, de bons résultats.

Ils retournèrent à l'intérieur, et Mahmoud Singh se retira une fois de plus dans sa chambre afin de se préparer à l'exercice de l'après-midi. Il ne se présenta pas au déjeuner. À deux heures et demie, l'ascète ne s'étant toujours pas manifesté, Milo alla frapper à sa porte.

— Tu es prêt ? lança-t-il. J'ai une pelle et une pioche, et aussi une hachette, au cas où nous tomberions sur des racines.

— Humf… grogna Mahmoud Singh. Si telle est la volonté de l'Éternel, je dois m'y soumettre.

Il finit par rejoindre Milo au salon.

— As-tu besoin de quelque chose en particulier ? demanda Milo.

— Non. Il me faut simplement un siège d'un confort adéquat, où je pourrai reposer ma forme corporelle tandis que les Essences Inquisitrices voleront au-dessus de l'île.

Milo fronça les sourcils d'un air pensif.

— Est-ce que je ne vais pas avoir du mal à suivre les Essences Inquisitrices ?

— Nous irons tous ensemble, décida Mahmoud Singh.

Il s'assit dans le fauteuil, ferma les yeux et commença à marmonner des phrases dont Milo ne put saisir le sens. Le marmonnement devint un murmure, puis une respiration hachée, tandis que Milo observait fébrilement.

Les mains potelées de Mahmoud Singh se mirent à trembler. Elles agrippèrent les accoudoirs du fauteuil, et ses bras devinrent rigides. Ses yeux s'ouvrirent brusquement et balayèrent le visage de Milo sans sembler le reconnaître. Il se leva d'un bond et sortit de la maison.

Milo prit ses outils sur son épaule, mais au bout d'une cinquantaine de mètres, Mahmoud Singh s'arrêta net. Milo attendit.

Mahmoud Singh frissonna et se mit à se balancer, comme tiré par des forces rivales. Il finit par se tourner et descendit la colline d'un pas raide pour se diriger vers l'hôtel, à travers les rochers, les troncs d'arbre abattus, les buissons et le bosquet de cyprès au bas de la pente. Et Milo suivait sur ses talons, de plus en plus dubitatif à mesure qu'ils approchaient de l'hôtel.

— Mr Green, juste un instant ! lança une voix sonore.

C'était le Révérend Dowbrett qui agitait une longue baguette d'aulne.

Milo lui fit un signe pour lui signifier de se taire. Intrigué, le pasteur accéléra le pas et le rejoignit.

— Qui est-ce ? demanda-t-il en désignant l'homme en turban bleu-vert qui marchait rapidement devant eux.

— Un ami à moi, expliqua Milo à mi-voix. Il est plongé dans une transe hypnotique – à la recherche du trésor.

Le Révérend Dowbrett examina encore plus attentivement la silhouette de Mahmoud Singh.

— C'est stupéfiant, n'est-ce pas ? Croit-il vraiment qu'il est capable de le trouver ?

— Oui, fit Milo. Mahmoud Singh étudie les sciences occultes.

Le Révérend Dowbrett regarda Milo d'un air interrogateur.

— Allons, dit-il, un bon chrétien comme vous ne peut pas croire à ces sornettes païennes ?

Milo haussa les épaules.

— S'il trouve le trésor, je ne critiquerai pas ses méthodes.

— Bah, du paganisme pur et simple ! s'esclaffa le Révérend Dowbrett.

— Je me demande si Mahmoud Singh se rend à l'hôtel… murmura Milo. On dirait bien, mais pourquoi ?

Le mystique en transe semblait effectivement avoir l'hôtel pour destination. Il contourna l'angle du bâtiment, monta sur la terrasse et entra dans le hall. Là, il accéléra et se dirigea vers le bar, en écartant d'une bourrade Mr Turk qui en sortait juste à l'instant.

— Ha ! Qu'est-ce que c'est que ça ? rugit le détective.

Mahmoud Singh s'arrêta net, frémit et se posa une main sur les yeux.

Milo s'approcha aussitôt.

— Tu vas bien ? demanda-t-il. Tu ne te sens pas faible ?

— Où suis-je ? murmura Mahmoud Singh.

— Je vais aller te chercher un peu de cognac.

C'est avec reconnaissance que Mahmoud Singh but d'un trait le liquide revigorant, qui lui permit de recouvrer quelque peu ses esprits.

Milo avait hâte de savoir quel message avaient transmis les Essences Inquisitrices, mais Mahmoud Singh avoua sa perplexité.

— Je n'arrive pas à déterminer, dit-il en se tapotant pensivement le menton, la raison qui a pu me conduire jusqu'ici.

Il se passa de nouveau la main sur les yeux.

— Tu es sûr que ça va bien ? demanda Milo. Est-ce que tu veux encore un peu de cognac ?

Il s'apprêtait à retourner au bar, mais il hésita et se tourna vers le Révérend Dowbrett.

— Il est encore un peu tôt dans la journée, mais peut-être aimeriez-vous vous joindre à moi pour un cognac, Révérend ?

Le Révérend Dowbrett contempla le bout de ses chaussures et se balança sur les talons.

— Ma foi, comme vous dites, il est encore assez tôt dans l'après-midi… mais je dois avouer que j'ai une certaine faiblesse pour le bon cognac.

Après le troisième verre, que le Révérend Dowbrett avait tenu à lui administrer, Mahmoud Singh se déclara entièrement rétabli.

— Alors, tu vas peut-être pouvoir te replonger dans ta transe ? demanda Milo.

Après une légère hésitation, Mahmoud Singh reconnut que les Essences Inquisitrices n'étaient peut-être pas entièrement épuisées.

— Humf… grogna Mr Turk d'un air sarcastique. J'aimerais bien avoir un dollar pour chaque swami que j'ai arrêté quand j'étais dans la police de Los Angeles…

Mahmoud Singh s'installa dans un fauteuil confortable, ajusta son turban, ferma les yeux et prononça quelques phrases rapides.

Milo, le Révérend Dowbrett et Mr Turk observaient la forme immobile en retenant leur souffle. Mahmoud Singh poussa soudain un cri guttural et se leva d'un bond. Il se dirigea rapidement vers la porte, et Rexie, au milieu du hall, dut faire un bond de côté pour éviter d'être piétiné par le mystique.

Mahmoud Singh se lança alors dans une course erratique. Il commença par gravir la colline là où la pente était la plus forte, les broussailles les plus épaisses et le soleil le plus ardent. Bientôt, le Révérend Dowbrett se mit à souffler comme un phoque et à transpirer à grosses gouttes. Et puis, juste au moment où Mahmoud Singh semblait vouloir escalader une paroi verticale, il changea de direction et poursuivit son chemin le long du flanc de la colline, vers l'océan.

— On dirait que Mahmoud Singh retourne à la maison, dit Milo au Révérend Dowbrett qui tenait bon malgré son essoufflement. C'est presque dans cette direction.

— Je me sens tout à fait incapable de prédire ses plans, dit le Révérend Dowbrett d'une voix hachée. Je ne serais pas autrement surpris qu'il plonge dans l'océan et se mette à nager vers l'île Cocos.

Mais Mahmoud Singh s'arrêta à une quinzaine de mètres du bord de la falaise, juste en dessous de la maison de Milo. Là, il planta fermement les pieds sur le sol rocheux et contempla fixement les bouts pointus de ses chaussures jaunes.

— Mais il n'y a que des rochers ! s'exclama Milo. On ne pourrait même pas y enterrer une aiguille de phonographe, sans parler d'un trésor ! D'un autre côté…

Il regarda par-dessus son épaule, puis vers l'îlot où il s'était mis à l'abri des détectives amateurs. Il s'élevait hors de l'eau pratiquement en face de l'endroit où Mahmoud Singh s'était placé.

Pris d'une excitation soudaine, Milo s'élança au milieu des rochers où Mahmoud Singh continuait de fixer avec intensité les bouts de ses chaussures, et il courut le long du bord.

— C'est exactement d'ici que j'ai sauté, et là, en contrebas…

Il fit demi-tour et remonta à toutes jambes le flanc de la colline.

— Mr Green ! cria le Révérend Dowbrett en courant pour le rejoindre. Où allez-vous comme ça ?

Mais Milo ne fit que courir encore plus vite, et le Révérend Dowbrett redoubla d'efforts sur ses petites jambes trop courtes. Mahmoud Singh, toujours en position, maintenait sa vigilance.

Le Révérend Dowbrett rejoignit Milo alors que celui-ci embarquait dans son voilier.

— Où… où allez-vous ? demanda le pasteur en haletant.

— Je me trompe peut-être, répondit Milo, mais je crois savoir où se trouve le trésor.

Sans un mot, le Révérend Dowbrett s'installa à l'avant tandis que Milo hissait la voile et s'éloignait du ponton.

Sur leur droite se dressait le gros rocher. Au-dessus d'eux, sur la gauche, ils pouvaient voir la silhouette de Mahmoud Singh se découpant sur le ciel. Droit devant, une sorte de trait noir qui devint une ouverture dans le flanc de la falaise quand Milo eut contourné le rocher.

Trois minutes plus tard, Milo avait démonté le mât et l'avait posé sur le pont au milieu d'un amas de toiles et de cordes. Il prit sa pagaie et commença à ramer. Le bateau se dirigea rapidement vers l'étroite ouverture.

— Baissez la tête ! cria Milo.

Pendant un instant, ce fut le noir complet, puis leurs yeux s'accoutumèrent à l'obscurité. Sur leur droite, ils longeaient une paroi incrustée de coquillages, avec un peu plus loin une petite bande de sable blanc. Sur leur gauche, il y avait une autre paroi avec une étroite plate-forme à trois mètres de hauteur. Sur cette plate-forme étaient entassées un grand nombre de vieilles caisses en bois, dans lesquelles brillait une substance vitreuse.

Milo se tordit le cou pour mieux voir.

— Est-ce que ça pourrait être le trésor ?

Ils sautèrent sur la petite plage et escaladèrent rapidement la roche pour accéder à la plate-forme. Les mains tremblantes d'excitation, Milo ouvrit l'une des caisses et en sortit une bouteille, dont il examina l'étiquette. Le Révérend Dowbrett se mit à rire avec exultation.

— Un trésor ? Ah, Mr Green – bien mieux que ça ! Du Hennessy trois étoiles ! (Il pointa du doigt l'indication sur les étiquettes.) Mis en bouteille en 1882. Ha ! Mr Green, chacun de ces flacons est un trésor à lui tout seul !

Chapitre XVII

Toutes les fenêtres de l'Académie de Miss Pickett étaient brillamment éclairées, et de la lumière filtrait sous la porte. L'auditorium ressemblait à un pavillon de plaisirs comme pourrait en rêver un calife sous l'empire du haschisch, avec ses nombreuses ombres colorées, ses banderoles déployées et son parquet étincelant. Il flottait un parfum dans l'atmosphère. Miss Pickett supervisait les préparatifs du buffet, et partout il y avait des jeunes filles dans leurs robes roses, bleu foncé et magenta, orange, noires et blanches, mandarine, rouges, safran, vert océan. Il y avait des jeunes filles partout : des filles aux cheveux courts et des filles aux cheveux longs, des filles délurées et des filles timides, des filles élancées comme de hautes herbes et des filles joyeuses comme des pinsons. Des filles, des filles, des filles…

Les invités entraient lentement dans le hall et confiaient leurs manteaux au vestiaire. Sur l'estrade, Scurvy Murdock était en train de mettre en place ses Troubadours du Vingtième Siècle.

Celia portait une robe longue en tissu gaufré marron foncé, avec une large ceinture dorée et des souliers également dorés qu'on voyait briller sous l'ourlet quand elle marchait. Elle s'était brossé les cheveux jusqu'à ce qu'ils scintillent dans la lumière. Ses yeux brillaient d'excitation.

Miss Pickett s'approcha et examina Celia tel un boucher évaluant un quartier de bœuf.

— Celia, cette robe n'est-elle pas un peu extrême ? (Elle se plaça légèrement de côté pour inspecter la silhouette de Celia. Elle-même portait une robe de la couleur d'un trottoir mouillé, qui lui descendait jusqu'aux chevilles.) Il me semble que tu pourrais desserrer un peu ta ceinture. Elle rend tes… tes hanches un peu proéminentes.

Celia se détourna. Miss Pickett jeta un coup d'œil dans la salle.

— J'espère qu'aucun de ces jeunes gens n'a apporté d'alcool. Enfin, j'imagine que c'est ainsi que va le monde aujourd'hui… Je me demande si Mr Coves va venir ce soir.

Celia tourna la tête.

— Mr Coves ?

Miss Pickett dit d'un ton glacial :

— J'ai pensé que cela pourrait ajouter un certain cachet à la fête si Mr Coves venait avec quelques-uns de ses clients. Il y a des gens très distingués qui séjournent à l'hôtel.

Celia n'eut rien à dire. Et à présent, Scurvy Murdock donna le rythme à son orchestre pour *Splashrack,* son thème personnel. Miss Pickett s'éloigna rapidement.

Celia attendit près de la porte. Où était Milo ? Il avait promis de venir suffisamment tôt pour l'aider avec le buffet. Un groupe de gens entra dans la pièce.

— Ah, bonsoir, Mr Coves ! s'écria Celia. Tante Lydia m'a dit que vous pourriez passer.

— Oui, dit Coves en jetant un coup d'œil bizarre à l'homme qui se tenait à sa gauche – de petite taille et vêtu de l'habit clérical. Miss Marlowe, le Révérend Dowbrett.

— Enchanté, dit le Révérend en examinant Celia avec approbation.

Celia le regarda plus attentivement et se tourna d'un air interrogateur vers Coves, qui se contenta de hocher la tête avec embarras. Cela sautait aux yeux que le digne ecclésiastique était dans un état d'ébriété avancé.

Celia prit conscience d'une autre présence derrière Coves, un homme imposant aux larges épaules et au visage prognathe.

— Excusez-moi, dit Coves en remarquant la direction du regard de Celia. Miss Marlowe, Mr Connolly, un autre de mes résidents.

Le Révérend Dowbrett était en train de jeter un coup d'œil à la salle de bal, où les couples virevoltaient au son de l'orchestre de Scurvy Murdock.

— C'est charmant, dit-il. Miss Marlowe, m'accorderez-vous la faveur de cette danse ?

Surmontant son hésitation, Celia se laissa enlacer, et ils évoluèrent sur la piste comme dans un tourbillon, tandis que le Révérend Dowbrett effectuait avec agilité un pas de danse totalement différent de ceux des autres danseurs, un mélange de cake-walk et de polka écossaise.

— Ah, Miss Pickett, fit Coves. Bonsoir.

— Mr Coves, je suis ravie que vous ayez pu venir. Vous êtes seul ?

— Non, le Révérend Dowbrett et Mr Connolly m'ont accompagné. Le Révérend danse avec votre nièce, et quant à Mr Connolly… Hum, il était là il y a deux secondes. Ah, le voilà, là-bas, près du bol de punch. Je ne peux pas rester très longtemps, mais je voulais voir l'Académie en tenue de fête, pour ainsi dire.

Tiger Joe, après un coup d'œil furtif à droite et à gauche, versa dans le bol de punch le contenu d'un petit flacon qu'il avait sorti de sa poche – un épais liquide à l'aspect laiteux.

Puis il s'écarta et s'adossa au mur, l'air impassible, pour attendre la suite des événements.

Le Grand Bal continua de se dérouler au milieu des murmures, des rires et des frottements de pieds sur la piste de danse, dans la lumière tamisée des lampions de carnaval qui donnaient à la salle une atmosphère irréelle, comme dans un rêve. Les jeunes filles miroitaient dans les bras de leurs cavaliers.

Entracte. Celia s'écarta des bras de l'ecclésiastique tout essoufflé, et dans la pénombre, son visage était un pâle triangle où deux ombres figuraient les yeux. Elle jeta un coup d'œil vers la porte. Coves avait pris congé, et sa tante était sortie de la pièce. Où était Milo ?

Les lumières se ravivèrent dans une teinte de rose délicat. Les couples s'approchèrent du buffet en riant et en bavardant. Leurs yeux – comme ceux de Tiger Joe – étaient braqués sur le bol de punch glacé.

— Milo ! s'écria Celia en se précipitant à sa rencontre. Te voilà enfin… Mais… tes vêtements ? Où étais-tu ?

— Ma chérie, dit Milo, j'ai trouvé le trésor.

— Milo ! Vraiment ?

— Oui, vraiment. Nous allons nous marier tout de suite. Je peux maintenant te faire vivre dignement, dit-il avec fierté.

— Oh, Milo ! Mais le trésor…

— Ah, voilà le Révérend Dowbrett. Il était avec moi quand je l'ai trouvé. Il t'en a parlé ?

— Non, dit Celia. Il est très éméché.

Milo hocha la tête.

— Oui, je sais. Je l'ai ramené à l'hôtel dans mon bateau.

— Milo – parle-moi du trésor.

— Tu aimerais le voir ?

— Oui, bien sûr ! Oh, Milo, comme c'est excitant !

— Allons-y, dit Milo, pendant que ta tante ne regarde pas.

Ils s'éclipsèrent et se mirent en route dans l'obscurité par les sentiers de l'Île aux Oiseaux.

Il se produisait un étrange phénomène du côté du bol de punch. Tandis que chaque couple sirotait un verre de punch, leur gai bavardage se transformait progressivement en murmures hésitants, puis ils se regardaient dans les yeux, où un éclair de compréhension soudaine s'allumait : là, ils se prenaient par les mains et oubliaient tout ce qui les entourait.

Miss Pickett avait quitté la salle.

— Comme je t'aime ! dit Clarence Allen à sa cavalière, Madeline Cheabrough. Et je ne m'en étais jamais rendu compte jusqu'à cet instant précis.

— C'est étrange, soupira Madeline en repoussant une mèche de ses longs cheveux blonds. Je t'aime aussi. Ça m'est venu d'un coup.

— Ma chérie, dit Clarence dans un souffle. Je veux que tu m'épouses.

— Où tu voudras, quand tu voudras, répondit Madeline sans se démonter. Oh, Skippy ! lança-t-elle à sa camarade. Félicite-nous ! Clarence et moi, nous allons nous marier !

— Ça alors, Madeline, n'est-ce pas merveilleux ? Paul et moi aussi !

— Nous aussi ! lancèrent plusieurs autres en écho.

Le Révérend Dowbrett s'approcha lentement.

— Le mariage est une institution sacrée, déclara-t-il. C'est la plus belle chose au monde. Je vous exprime à tous mes plus chaleureuses félicitations.

— Merci, Révérend, dit Madeline, et c'est peut-être vous qui allez nous marier !

— Mais oui, naturellement, répondit l'ecclésiastique. (Il fouilla dans ses poches.) Je n'ai pas de Bible sur moi, mais je connais très bien la procédure. Venez par ici.

— Maintenant, tout de suite ? dit Madeline.

— Oui, bien sûr, fit Clarence.

— Nous aussi, nous allons nous marier, dit Paul.

— Nous aussi.

— Et nous !

— Et nous !

— Et nous, dit un membre de l'équipe de football de Stanford.

— Vous avez tous des alliances ?

Tous se mirent à fouiller dans leurs poches et produisirent un assortiment d'anneaux de toutes sortes, jusqu'à ce que tous les couples soient équipés.

— Tout le monde est prêt ? demanda le Révérend Dowbrett en s'appuyant sur la caisse claire pour garder l'équilibre.

— Allez-y ! lancèrent-ils tous en chœur.

* * *

— … répétez après moi : Par cette alliance, je t'épouse.

— Par cette alliance, je t'épouse, répéta le chœur.

— Mettez l'alliance au doigt, ordonna le Révérend Dowbrett.

Miss Pickett apparut sur le seuil de la porte.

— Je vous déclare à présent, entonna le Révérend Dowbrett d'une voix sonore, maris et femmes – avec ma bénédiction sur vous tous.

Le cri perçant de Miss Pickett coupa court à la première série d'embrassades conjugales. Des visages ébahis se tournèrent pour voir Miss Pickett chanceler.

Une foule de secouristes bénévoles l'entoura rapidement, mais le Révérend Dowbrett prit les opérations en main.

— Reculez ! ordonna-t-il d'une voix forte. En arrière, tout le monde ! Laissez-la respirer ! (Les couples s'écartèrent.) Vous, Mr Connolly, déposez-la sur ce banc. Faites bien attention. Et vous, apportez-lui un verre d'eau, lança-t-il par-dessus son épaule à Clarence Allen.

Celui-ci regarda autour de lui, sans voir de source d'approvisionnement possible dans le liquide désiré…

— Du punch, ce sera aussi bien, marmonna-t-il.

Il apporta donc précipitamment un verre de punch au Révérend Dowbrett.

— Ah, Miss Pickett, s'exclama l'ecclésiastique, vous vous sentez mieux, maintenant ? Tenez, buvez donc un peu de ceci.

Et il versa du punch entre les lèvres pâles de Miss Pickett. Elle avala, soupira, avala encore et fut prise d'une quinte de toux.

— Ah, doucement, doucement, fit le Révérend Dowbrett en tendant le verre de punch à Tiger Joe et en commençant à masser doucement le dos de Miss Pickett.

Tiger Joe avait observé la scène avec la plus grande attention. Distraitement, il leva le verre et but une gorgée de punch.

Miss Pickett finit par se remettre de sa quinte de toux. Elle se releva en chancelant, et son regard croisa celui de Tiger Joe.

— Ma chérie, dit celui-ci d'une voix rauque. Je sais que je ne suis pas digne de lécher tes souliers…

— Espèce de grand idiot, soupira Miss Pickett. J'ai attendu si longtemps.

— Mon amour, tu veux bien m'épouser ?

— Mais bien sûr, mon merveilleux Joe.

— Révérend, dit Tiger Joe en prenant la main de Miss Pickett qui baissait chastement les yeux, vous voulez bien faire cette petite cérémonie encore une fois ? On a raté la première séance.

CHAPITRE XVIII

Mortimer Archer était occupé à sa correspondance quand le battant de la porte trembla sous les coups puissants de Tiger Joe.

Archer fit entrer son ami, qui se rendit directement dans le salon. Archer, vêtu de sa robe de chambre marron, le suivit d'un pas tranquille. Tiger Joe se laissa tomber dans le fauteuil capitonné. Archer resta debout, adossé au chambranle de la porte.

— Alors, gros malin, qu'est-ce qui se passe ? demanda-t-il.

Tiger Joe tordit les lèvres en une amorce de rictus féroce, mais il se ravisa et dit simplement :

— Apporte-nous de la bière, l'Anguille.

Archer s'exécuta.

— Vas-y, dit-il, raconte-moi ça.

Tiger Joe fronça les sourcils et alluma une cigarette.

— Je me suis marié, voilà tout. Il n'y a rien de plus à en dire.

— Exprès ?

Tiger Joe exhala une longue volute de fumée.

— Est-ce que j'ai l'air d'un gars qui sait pas ce qu'il fait ?

Archer s'installa dans un fauteuil.

— Bon, ça nous met où, tout ça ? Est-ce qu'on continue à deux dans cette affaire, ou bien est-ce que tu t'y mets avec ta… femme ?

Tiger Joe rougit.

Archer fit un geste aimable.

— En fait, peu m'importe. Je ne vois vraiment pas ce que j'y perds.

Tiger Joe ricana d'un air triomphant.

— Je me disais bien que tu n'étais pas au courant ! Sinon, tu ne serais pas aussi content de toi.

— Au courant de quoi ?

— Je m'en doutais… Eh bien, l'Anguille, toi et moi, on a été refaits. Tu te souviens quand tu m'as parlé d'un gros magot que Big Ben Manzio aurait laissé sur l'île ?

— Oui, et alors ?

— Eh bien, Green a mis la main sur un swami, un copain de Ben – c'est comme ça que je vois les choses –, et le gars en question lui a montré la cachette. Bon, toujours est-il que Green a sorti d'une caverne des cargaisons entières de vieil alcool français.

— Non ! s'exclama Archer en s'affaissant dans son fauteuil.

— Ça fait mal, hein, l'Anguille ?

— Et toi, j'imagine que tu es ravi ?

— Moi, j'ai fait un mariage qui va me rapporter gros. Je suis pas si bête que ça. J'ai réussi à convaincre la vieille d'ouvrir un dancing en plein air au bord de la plage. On se fera un moins deux ou trois mille dollars dès le premier soir… Ah, il faudrait que tu la voies. Tu te souviens de Tramp Scarro, la semaine avant qu'il se fasse buter ? La vieille est pareille, en attendant d'avoir les réactions des mères. Ça va hurler dans les chaumières.

— Où sont tous les jeunes mariés ? Ils n'ont pas quitté l'Académie ?

Tiger Joe eut un sourire narquois.

— Ah, pour ça, non. Une fois que le Révérend a dessoûlé, il leur a dit que les mariages ne tiendraient pas. Mais la vieille a encore la trouille.

Archer le regarda avec une expression d'amusement qu'il ne cherchait même pas à dissimuler.

— Tu veux dire que toi, tu as l'intention de prendre ce mariage au sérieux ?

— Absolument, dit sèchement Tiger Joe. N'oublie pas le coup du dancing. On va se faire un max de blé. Je suis pas si bête, l'Anguille.

— Tu es assez bête pour renoncer à ce que la bande gagnait autrefois. Au moins cinq mille dollars par semaine !

Tiger Joe banda les muscles de ses épaules.

— Il se trouve que je laisse pas tomber non plus les cinq mille dollars.

— Qu'est-ce que tu veux dire ?

— Je veux dire qu'on reste associés comme avant, et t'as intérêt à pas l'oublier.

Archer haussa les épaules.

— Tu ne peux pas jouer sur les deux tableaux. Avec qui tu te mets – avec moi, ou avec la vieille Pickett ?

— Ni l'un ni l'autre, gronda Tiger Joe. Elle se met avec nous. C'est moi le patron. Tout ce qui nous reste à faire, maintenant, c'est de flanquer dehors Coves, Green, Ottenbright et O'Rourke.

— Green n'a plus aucun souci à se faire, dit pensivement Archer, avec tout cet alcool.

— C'est vrai que cette marchandise vaut son pesant d'or, aujourd'hui.

Archer se frotta le menton.

— Tout dépend du temps que ça lui prendra pour trouver un acheteur, et s'il vend toute la cargaison d'un coup. Il obtiendra le prix qu'il veut, s'il attend suffisamment longtemps.

Tiger Joe acquiesça.

— Oui, il est vraiment à l'aise, on peut pas dire le contraire.

— Eh bien, lança brusquement Archer, au lieu de traînasser ici à boire de la bière, pourquoi ne fais-tu pas quelque chose pour changer ça ?

— Faire quelque chose ? Mais j'ai pas arrêté de me démener tous les jours !

— Le seul coup que tu aies réussi, c'est avec ce vieux trappeur, quand tu as relâché ses baleines.

Tiger Joe se contenta de regarder par la fenêtre en grommelant.

Archer se redressa.

— Bon, nous devons absolument empêcher ce Green d'aller plus loin. Et je crois savoir comment m'y prendre – sans avoir besoin de découvrir notre jeu.

* * *

Milo longea la plage devant l'hôtel pour rejoindre le ponton, où la vedette d'Al Carper allait bientôt accoster.

Le bateau finit par apparaître et l'emmena sur le continent.

En grimpant les marches de béton qui menaient à la rue, Milo remarqua une grande affiche clouée sur un poteau télégraphique :

☆ ☆ ☆

DANSEZ SOUS LES ÉTOILES
au
PAVILLON DES AMOUREUX
dans l'atmosphère romantique de
⌒ l'ÎLE AUX OISEAUX ⌒
Au son de la musique envoûtante de

SCURVY MURDOCK ET SON ORCHESTRE
Service de navettes tous les quarts d'heure
depuis le bas d'Alvarado Street

Milo secoua la tête avec un petit sourire amusé. Il marcha jusqu'au centre-ville et entra dans le hall de l'Hotel Val d'Oro.

— Bonjour, Mr Green, dit le réceptionniste bedonnant. Cela fait quelque temps que je ne vous ai pas vu. Il s'en est passé, des choses, sur l'Île aux Oiseaux. J'aurais bien aimé y être, à ce bal.

— Oui, j'imagine que c'était assez animé. Est-ce qu'un certain Mr Henspaugh s'est enregistré à l'hôtel ?

Le réceptionniste hocha la tête.

— Oui, il est dans sa chambre.

— Voulez-vous bien lui dire que je l'attends ici ?

— Mais certainement, monsieur.

Milo fit nerveusement les cent pas dans le hall. Un homme corpulent vêtu d'un costume brun roux et cigare au bec s'approcha.

— Vous êtes Milo Green ?

Milo tourna la tête.

— Ah – hello. Vous êtes sans doute Mr Henspaugh. Ma foi, si vous voulez bien venir avec moi, je vous montrerai l'alcool. Je suis pressé de conclure l'affaire, et j'espère donc que vous êtes venu convenablement équipé. Vous devrez transborder la marchandise vous-même, je ne dispose pas du matériel nécessaire.

— On s'occupe déjà de tout ça, répondit l'homme. Ouais, on a une équipe qui la charge en ce moment même dans le bateau.

Milo fut étonné.

— C'est drôlement rapide, non ? Après tout, nous ne nous sommes même pas encore mis d'accord sur le prix ?

— Le prix ? Ha ! (L'homme écarta le pan de sa veste pour montrer une étoile en nickel toute brillante.) Je suis McDeever, du Bureau des Taxes. Voici les documents de confiscation de tout cet alcool de contrebande.

Milo émit un cri poignant.

— Attendez ! Je me contente de le vendre !

— Heureusement pour vous que vous ne l'avez pas vendu, rétorqua McDeever. Vous vous seriez certainement retrouvé en prison. Vous ne savez pas que c'est un très grave délit, le trafic d'alcool de contrebande ?

— Mais ça fait des années qu'il est là, protesta Milo. Il doit être devenu – eh bien, légal depuis tout ce temps.

McDeever secoua solennellement la tête.

— Vous pouvez toujours discuter de ça avec ces avocaillons de Sacramento. Moi, j'ai reçu un coup de fil me disant qu'il y avait tout un stock d'alcool sans les petites étiquettes bleues des taxes. Je ne me pose pas la question de savoir depuis combien de temps il est là. Je me contente tout naturellement de le confisquer au nom de la loi.

— Mr McDeever, dit Milo d'une voix brisée, montrez-vous généreux. Cette vente signifie tout pour moi. Mon avenir entier en dépend !

McDeever cracha sans manifester aucune émotion.

— Ça, c'est bien vrai. Au moins dix ans si vous aviez accepté de l'argent en échange de cet alcool.

— Je paierai les taxes ! s'écria Milo.

— Trop tard, maintenant. L'alcool a été confisqué. De toute façon, il n'était pas à vous au départ. À votre place, je m'éclipserais discrètement et j'essaierais de ne pas faire trop d'histoires.

Milo se détourna. Un homme d'une cinquantaine d'années, vêtu d'un costume de soie grise et portant un pince-nez, s'approcha en lui tendant la main.

— Mr Green ? Je suis Samuel Henspaugh.

D'un geste du pouce, Milo lui désigna le dos massif d'Ed McDeever.

— Voilà l'homme que vous devez voir. Pas moi. Je suis dans la dèche complète.

Cinq mètres plus loin, deux yeux observèrent par-dessus un journal le départ de Milo. Archer reposa son journal et se leva, avec aux lèvres un petit sourire satisfait. Il lança un regard méprisant à Ed McDeever qui téléphonait depuis la cabine, puis il sortit d'un pas tranquille dans la rue et se dirigea vers la baie.

Le long de la digue, il croisa Ike O'Rourke, qui l'aurait ignoré si Mortimer Archer ne l'avait pas salué avec effusion, en faisant remarquer que Mr O'Rourke avait l'air bien préoccupé.

Ike s'arrêta et dévisagea Archer d'un air soupçonneux.

— Bon, et alors ? Je suis pressé. Cette fichue baleine m'a claqué entre les doigts. Elle est déjà en train d'empuantir toute la crique.

— Ah, ma parole, fit Archer. Que diable peut-on faire d'une baleine morte ?

Ike cracha sur le trottoir.

— Je vais juste remorquer la carcasse au large, la lester d'un bon gros bloc de roche et la dynamiter pour qu'elle ne flotte pas. C'est simple comme bonjour.

Une idée merveilleuse germa entre les élégantes tempes grisonnantes d'Archer.

— Vous savez, il y a une heure à peine, je discutais au téléphone avec un homme qui travaille dans l'industrie des engrais. Je pense que je pourrais vous acheter cette baleine et me faire un petit bénéfice au passage.

— Me l'acheter ? Bah, prenez-la, bougonna Ike. Je vous en fais cadeau. Bien content d'être débarrassé de ce foutu machin.

— Très bien, dit Archer. Je passerai à votre cabine tôt demain matin. Au fait – pas un mot à quiconque sur cette affaire, n'est-ce pas ? Ce n'est pas une transaction bien digne, mais j'ai besoin de cet argent.

— Bien sûr, bien sûr. Bouche cousue.

Et Ike reprit son chemin vers la jetée.

Vers midi le lendemain, un bruit de moteur familier parvint aux oreilles d'Ike. Il ouvrit la porte de sa cabine et vit son bateau, piloté par Archer, qui revenait dans la crique.

— Ma foi, vous avez fait vite, dit-il à Archer quand celui-ci l'eut enfin rejoint sur le ponton. Beaucoup plus vite que je ne pensais. Pas de problème avec le bateau ?

Archer secoua tristement la tête.

— Cette journée ne m'a vraiment pas été très propice, j'en ai bien peur.

Ike le regarda en fronçant les sourcils.

— Comment ça ? Je croyais que vous aviez tout soigneusement planifié ?

— J'avais à peine atteint le large, dit Archer, que la corde s'est cassée, et j'ai perdu la baleine.

— Vous avez perdu la baleine ? répéta Ike O'Rourke en bafouillant presque. Comment ça se fait ? Pourquoi ne l'avez-vous pas rattachée ?

— La baleine a coulé, dit Archer.

Ike fut stupéfait.

— Ça, c'est franchement bizarre. Jamais entendu parler d'un truc pareil. D'habitude, il faut se donner un mal de chien pour faire couler une de ces créatures, et maintenant, vous me dites que celle-là a coulé toute seule ?

— Eh bien, oui, et je me suis donné tout ce mal pour rien.

Ike marmonna dans sa barbe :

— Ça va faire du bruit si jamais cette baleine s'échoue sur le rivage. On ferait peut-être mieux de rester discrets sur cette affaire, tous les deux. Pas besoin d'aller au-devant des ennuis.

— Vous avez parfaitement raison. Bon, nous aurons plus de chance la prochaine fois.

Il prit congé quelques minutes plus tard. Ike le regarda s'éloigner en secouant la tête.

— Sacré marin d'eau douce. Même pas capable de remorquer une baleine correctement…

Chapitre XIX

Coves se réveilla d'un sommeil agité avec la sensation que quelque chose n'allait pas. Il se redressa sur les coudes et regarda son réveil : 7 h 30. Une heure normale pour se lever. Il jeta un coup d'œil autour de lui. Rexie était tranquillement roulé en boule sur son oreiller.

Le chat se réveilla et étira ses pattes en bâillant largement, puis il releva brusquement la tête pour humer l'air.

C'est alors que Coves comprit ce qui l'avait tiré de son sommeil : c'était une odeur – une odeur qui, malgré sa faible concentration, s'emparait de chaque particule de l'atmosphère pour y instiller la puanteur la plus vile.

Coves enfila rapidement des vêtements et se précipita dans le hall. Là, la puanteur était puissante, une odeur riche et onctueuse qui rendait l'air plus épais. Mr Emmett Tharp se tenait sur le seuil et observait la plage.

— Bonjour, Mr Tharp, dit Coves en jetant un coup d'œil par la porte. Qu'est-ce que c'est que cette odeur épouvantable ?

— Une baleine s'est échouée sur la plage, Mr Coves.

Coves se massa le front.

— Qu'est-ce que je vais bien pouvoir faire ?

Une silhouette massive descendit l'escalier. Mr Turk.

— Bon sang, Mr Coves, il y a une puanteur qu'on pourrait presque traîner au bout d'un crochet.

Coves s'était laissé tomber dans un fauteuil.

— Je suis un homme fichu. Je ferais aussi bien de fermer boutique tout de suite.

Une légère brise leur souffla au visage, et ils reculèrent comme sous la pression d'une main. C'était effectivement une odeur titanesque, de riches exhalaisons animales à la fois douces et âcres. C'était une odeur qui évoquait des intestins de mouton calcinés, des effluves d'une décomposition monumentale.

Cecil Lissacutt entra dans le hall. Il dit d'une voix étouffée :

— Mr Coves, j'ai marché dans les ruelles de Calcutta. J'ai parcouru les étendues de boue sur les rives du Fleuve Jaune à marée basse. Je me suis trouvé sous le vent d'une hyène morte noyée dans les sources sulfureuses de Bombosa… Jamais, Mr Coves, jamais je n'ai rencontré l'égale de cette puanteur majestueuse.

Mr Turk contempla la grande carcasse noire étalée sur la plage.

— Je crois bien que c'est encore un de ces mauvais tours qu'on nous joue.

Coves se releva péniblement.

— Ma foi, il ne nous reste plus qu'à essayer de nous en débarrasser le plus vite possible. Peut-être… (une lueur d'espoir s'alluma dans ses yeux)… peut-être que je pourrais faire venir un remorqueur pour l'emmener au large ? Ce sera peut-être moins épouvantable.

Mr Turk examina le ciel voilé, jeta un coup d'œil à l'océan.

— C'est un temps à bourrasques, Mr Coves. En fait, la météo prévoit une tempête. Je doute que vous puissiez faire venir un remorqueur avant que le temps ne s'éclaircisse.

Comme pour confirmer les propos de Mr Turk, une forte brise se leva venant de la mer, et une énorme vague s'abattit sur la plage dans une explosion d'écume.

— La tempête va peut-être emporter la baleine au large.

Mr Turk fit claquer ses doigts.

— Écoutez, dit-il, j'ai une idée. Carper ne viendra pas ici, s'il y a une tempête. Vos clients ne peuvent pas regagner le continent, même s'ils le voulaient.

Coves hésita.

— Mais la tempête ne devrait pas durer plus d'une journée ?

— À ce moment-là, la vedette de Carper sera peut-être en panne. (Mr Turk fit un clin d'œil.) Ou en tout cas, nous pouvons dire aux clients qu'elle l'est, et qu'il n'y a aucun moyen de se rendre sur le continent. Tant que Carper ne se manifestera pas, ils n'auront pas d'autre choix que de rester à l'hôtel.

Coves secoua la tête d'un air déterminé.

— Non, je ne peux pas me résoudre à une telle tromperie. Et après tout, nous n'avons des provisions que pour trois ou quatre jours.

— Je pense que ça vaut le coup d'essayer, insista Mr Turk. Si, par chance, nous arrivons à évacuer la baleine, ou si elle est emportée par la tempête, les clients pourraient même oublier toute l'affaire.

Il réussit finalement à convaincre Coves, et se mit en route à travers la colline jusqu'au ponton de Miss Pickett, où Al Carper faisait une halte avant de poursuivre jusqu'à l'hôtel. Quand la vedette arriva, le vent avait considérablement forci et l'océan était tacheté d'écume. Carper accepta volontiers de se prêter au subterfuge, et Mr Turk retourna à l'hôtel.

La tempête fit rage tout l'après-midi et une bonne partie de la nuit. Quand l'aube pointa, le vent tomba et Coves, en robe de chambre et pantoufles, se dépêcha d'aller faire le point de la situation. Le ciel était pâle et clair comme de l'albâtre, et les rouleaux qui s'abattaient sur la plage étaient d'une taille raisonnable.

Coves poussa un gémissement. La baleine avait été déplacée d'une bonne trentaine de mètres vers l'hôtel, et se trouvait à présent parfaitement à sec.

Coves s'aventura sur le sable et s'approcha de la baleine autant que la puanteur le permettait. C'est alors qu'il aperçut au loin la silhouette de Milo Green.

Milo rejoignit Coves en se tenant du bon côté du vent par rapport à la baleine, et examina un instant l'immense carcasse.

— Pas de chance, Mr Coves, vraiment pas de chance. On dirait que la poisse s'acharne sur nous tous – Ike, vous, moi, Miss Pickett, Mr Ottenbright…

Coves leva les yeux.

— Comment ça, Mr Ottenbright ?

— Eh bien, dit Milo, à ce qu'on m'a raconté, il a amené sa sténographe avec lui pour rattraper du retard accumulé dans son travail au bureau. Il se trouve qu'Archer a rencontré Mrs Ottenbright à Monterey, et qu'elle a décidé de rejoindre son mari dans leur maison. Elle est venue avec Archer, et il semblerait qu'une violente scène se soit ensuivie, à l'issue de laquelle Mr Ottenbright a vendu sa propriété à Archer.

— C'est terrible, dit Coves, terrible…

Milo examina la baleine avec beaucoup de respect.

— Qu'avez-vous l'intention de faire de cette carcasse ?

Coves secoua la tête.

— Aucune idée. Je paierais mille dollars pour en être débarrassé aujourd'hui.

— Mille dollars ?

Milo examina la carcasse avec un intérêt accru.

— Mille dollars, confirma Coves, si vous arrivez à évacuer la baleine et à vous en débarrasser.

Milo fit demi-tour et partit en courant vers son ponton.

Trois heures plus tard, un hélicoptère se posa sur l'Île aux Oiseaux, celui-là même qui avait été utilisé pour la construction de la maison de Milo. Celui-ci en débarqua avec le pilote, et tous deux discutèrent du projet.

— On devrait pouvoir l'évacuer en quatre morceaux, dit le pilote en se roulant une cigarette.

Milo sortit de la cabine une hache, un coutelas, une tronçonneuse à essence et un masque à gaz.

Coves apparut et regarda les préparatifs avec un petit sourire dépité.

— Ah, si seulement j'avais pensé à ça, j'aurais économisé mille dollars… L'imagination, Mr Green, voilà ce qui compte dans la vie, et j'ai bien peur d'en manquer, surtout quand mon esprit est aussi préoccupé qu'en ce moment.

Milo dit avec un grand sourire :

— J'ai vendu la carcasse à l'abattoir pour deux cents dollars.

Coves accusa le coup, mais répondit vaillamment :

— Eh bien, allez-y. Tant mieux pour vous si vous vous faites un extra, du moment que vous l'évacuez de ma plage.

Milo se déshabilla, ne gardant que son caleçon, puis il enfila le masque à gaz et se mit à l'ouvrage, tandis que le pilote et Coves le regardaient avec une franche admiration.

Ils furent bientôt rejoints par d'autres résidents de l'hôtel.

Une demi-heure s'écoula. On entendit à l'intérieur de la baleine un cri étouffé. Milo en émergea, tenant dans ses mains une masse grise et huileuse grosse comme sa tête. Le mot fut sur toutes les lèvres :

— De l'ambre gris !

— Oui, de l'ambre gris ! s'écria Milo à travers son masque. Elle en est pleine !

— Ah, ma parole ! s'exclama Coves. Cette baleine est une véritable mine d'or.

— Et quand je pense que j'ai refusé l'occasion de me tailler un morceau de cette fortune… dit Mr Turk.

Coves dit bravement :

— Ma foi, tout ce que je voulais, c'était être débarrassé de cette carcasse. Je suis content que Mr Green ait la chance de pouvoir en profiter.

* * *

— Bon, fit Milo, voilà déjà un quart de libéré.

Il planta solidement les crochets et rassembla les sacs d'ambre gris, qu'il transporta jusqu'à l'hélicoptère.

D'un air dégagé, le pilote lui demanda :

— Quelles sont vos intentions, exactement ?

— J'allais déposer l'ambre gris dans la cabine, répondit Milo. Et ensuite, nous serons prêts à décoller.

— « Nous » ? répéta le pilote avec un léger mouvement de recul. Pas dans mon appareil. Si vous ou un quelconque morceau de cette baleine doit faire le voyage, ce sera sur le train d'atterrissage.

Milo mit les sacs d'ambre gris sur son épaule et remonta la colline pour retourner chez lui.

L'hélicoptère décolla avec le quartier de baleine suspendu au bout d'un câble, et repartit au-dessus de la baie en direction de Monterey.

CHAPITRE XX

L'Académie était déserte. Les couloirs étaient silencieux, les jardins vides et abandonnés.

Assis dans la salle commune, Tiger Joe lisait un numéro de *True Detective Magazine*, une cigarette fichée entre ses lèvres serrées.

Mortimer Archer poussa la porte et entra sans faire de bruit. Il portait un pantalon beige, une chemise de sport ivoire, une veste à carreaux marron et des chaussures en cuir de Cordoue.

Il jeta tranquillement un coup d'œil à droite et à gauche, puis il traversa la pièce pour rejoindre Tiger Joe.

— J'ai vu ta douce moitié qui se rendait sur le continent dans la vedette, et j'ai eu l'idée de venir te voir pour bavarder un moment.

— Content que tu sois là, dit Tiger Joe. J'ai besoin d'un peu de pognon. Deux cents dollars, ça irait ?

Archer haussa les sourcils.

— Deux cents ? Qu'est-ce qui se passe ? La vieille a du mal à sortir son portefeuille ?

Le visage de Tiger Joe s'empourpra.

— Arrête le baratin et file-moi l'oseille.

Archer sourit.

— Elle est dure à la détente, hein ? Ma foi, Joe, désolé, mais je suis complètement fauché. Raide comme un passe-lacet.

— Ne me raconte pas d'histoires, l'Anguille. Tu étais plein aux as il y a quelques jours. J'ai vu ta liasse de billets.

— Il s'est passé des choses entretemps, Joe. J'avais de l'argent ce matin. J'en avais encore il y a seulement une heure. Tu sais ce que j'en ai fait, de cet argent ?

— Allez, déballe.

— Je viens juste d'acheter sa propriété à Ike O'Rourke.

Tiger Joe se figea.

— Tu as fait *quoi* ?

Archer hocha la tête.

— Il se trouve que je l'ai croisé, et il m'a dit qu'il en avait assez. Il n'aimait pas le climat, l'air, les gens et la nourriture. Ses chiens ne l'aimaient pas non plus. Il est donc en train de faire ses bagages, et il part demain pour l'Alaska avec sa femme et ses chiens. Je lui ai racheté sa propriété pour dix mille dollars cash, et il était bien content de les prendre.

— Là, je dois reconnaître, l'Anguille, tu sembles toujours être au bon endroit au bon moment.

Archer s'installa dans un fauteuil en ajustant soigneusement le pli impeccable de son pantalon.

— Les choses se présentent vraiment bien. Cette baleine a dû faire fuir la moitié des clients de Coves.

Tiger Joe grimaça.

— Et Green a pu rembourser la plus grande partie de sa maison avec ce qu'il s'est fait dans l'affaire.

— Green est le cadet de mes soucis, dit négligemment Archer. Là, pour l'instant, j'ai besoin d'argent, et ça urge.

— Et alors ?

— Et alors, il va y avoir une opération ce soir.

— Ah, vraiment ? dit Tiger Joe en baissant la voix. Une opération à grande échelle ?

— Non, un paquet de taille moyenne. Un avion quittera Ensenada cet après-midi, et sera au large de l'île vers 20 heures. Si mes calculs sont corrects, la marchandise devrait s'échouer sur la plage demain matin vers cinq ou six heures. On devrait se faire dix mille dollars chacun.

Tiger Joe se passa la langue sur les lèvres.

— Ça, c'est une bonne nouvelle. La vieille… bon, elle est juste un peu… disons, près de ses sous.

— D'ici quelque temps, dit Archer, tu rouleras sur l'or. Ce dancing devrait te rapporter une fortune, ou je ne m'y connais pas. C'est l'emplacement rêvé. Une atmosphère de country club, la publicité…

— Oui, on sait déjà tout ça, dit froidement Tiger Joe.

Archer consulta sa montre.

— Bon, il est six heures...

— Six heures ? (Tiger Joe jeta un coup d'œil dans la direction de Monterey.) Tu ferais mieux d'y aller. Ça pourrait poser un problème si on nous voyait...

Archer eut un petit sourire compréhensif.

— Tu as peur de bobonne, hein ? Bon, je ne peux pas te donner tort. Alors, écoute-moi bien, maintenant : je te retrouverai près de ce mât porte-drapeau demain matin à quatre heures et demie. Tu as un réveil ?

— J'y serai, fit Tiger Joe.

Mortimer Archer alluma une cigarette et sortit. Tiger Joe se leva lentement et retourna dans sa chambre, en grognant et en marmonnant dans sa barbe.

Celia, qui était allongée sur un canapé à l'autre bout de la pièce, se leva à son tour. Elle ouvrit la porte et partit en courant vers la maison de Milo.

* * *

Milo écouta attentivement.

— Qu'est-ce que c'est que cette « marchandise » qu'ils veulent récupérer ?

— Ils n'ont pas dit. Archer a parlé d'un « paquet de taille moyenne ».

Milo se frotta le menton du bout des doigts.

— Celia, si le paquet en question contient des bijoux volés, il y a certainement une récompense à la clé. Supposons que demain matin, je sois moi aussi sur la plage... Si je trouve le paquet avant Archer et Connolly, je toucherai la récompense et je pourrai rembourser ce qui reste à payer pour la maison.

Celia hésita.

— Ça ne risque pas d'être dangereux ? Après tout, ce sont des criminels...

— Quel danger peut-il y avoir ? Nous serons juste devant l'hôtel, ils ne pourront rien faire.

— Ça ne me plaît pas, Milo, dit Celia d'une voix inquiète.

— Allons, Celia – voilà notre chance de nous faire cinq ou dix mille dollars. La récompense sera certainement de cet ordre-là.

Celia s'approcha de la fenêtre et regarda pensivement au-dehors.

— J'ai peur, Milo.

— Il n'y a aucune raison d'avoir peur, déclara Milo. Absolument aucune.

Elle se retourna.

— Dans ce cas, j'y vais avec toi. Comme ça, s'il t'arrive quoi que ce soit, ça nous arrivera à tous les deux. Non, Milo, ajouta-t-elle en lui posant la main sur la bouche, pas de discussion, ma décision est prise.

Chapitre XXI

L'aube se leva sur l'Île aux Oiseaux, calme, fraîche et claire. L'océan s'étendait à l'ouest, avec ses eaux grises et paisibles, et le bruit des vagues était étouffé.

Le ciel se teinta de rose et de blanc perlé derrière l'île, et une lumière colorée commença à se diffuser à l'horizon.

Celia et Milo se tenaient à la limite de la propriété de Coves, juste en contrebas de la maison de Milo. La plage était déserte.

— Je crois qu'il est encore un peu tôt, dit-il.

— Il est cinq heures moins le quart. Si Mr Archer a retrouvé Joe Connolly à quatre heures et demie, ils devraient déjà être ici.

— Regarde, dit Milo. Voilà Archer qui descend les marches de l'hôtel.

— Mais où est Joe Connolly ?

Milo secoua la tête.

— Allons-y avant qu'il ne trouve lui-même la marchandise.

Ils sortirent de l'ombre et s'avancèrent jusqu'à la plage. En les apercevant, Archer se figea.

— Hello, lança Milo. Qu'est-ce que vous faites ici de si bon matin ?

— Je pourrais vous retourner la question, rétorqua Archer d'un air pincé.

— Oh, on vient souvent ici, dit Celia. C'est à peu près le seul moment où ma tante ne me surveille pas.

— Je vois. (Archer rit poliment et se retourna pour examiner la plage.) C'est une promenade que j'aime beaucoup moi-même. C'est le meilleur moment de la journée. Cela me procure un sentiment d'exaltation. J'apprécie particulièrement la solitude. (Il insista sur le mot.) Bien sûr, votre présence me dérange moins que celle d'autres personnes que je ne nommerai pas.

Il continua de regarder autour de lui, puis ses yeux se fixèrent sur le large.

— Qu'est-ce que vous cherchez ? demanda Celia. Encore des petites bouteilles ?

Archer lui lança un regard interrogateur.

— Des bouteilles ? Ah, non, pas du tout.

Milo s'approcha rapidement du bord de l'eau, les yeux braqués sur une caisse en bois qui flottait à une trentaine de mètres du rivage.

* * *

Entendant une voix sèche dans le hall, puis des murmures de conversation, Coves enfila rapidement sa robe de chambre et entrouvrit doucement la porte pour jeter un coup d'œil, puis il l'ouvrit toute grande et sortit.

— Qu'est-ce que c'est ? Que se passe-t-il ici ?

— Moins fort, dit Emmett Tharp.

Il tendit à Coves une carte dans un étui plastifié.

CERTIFICAT D'IDENTITÉ, lut Coves. FEDERAL BUREAU OF INVESTIGATION. Le visage sur la photo était celui de Mr Emmett Tharp. Coves leva les yeux d'un air consterné, puis il se tourna vers Tiger Joe, qui était installé dans un fauteuil, le dos tourné à la porte d'entrée.

— Et Mr Connolly – c'est aussi un agent du FBI ?

— Mr Connolly, déclara Emmett Tharp, est un criminel notoire récemment libéré de San Quentin.

— Il a pas une seule preuve contre moi… grogna Tiger Joe.

— C'est malheureusement vrai, dit Emmett Tharp. Pour l'instant. Mais il y a des chances pour que votre complice passe aux aveux pour alléger sa peine.

— Complice ? répéta Coves d'un air sidéré.

Suivant le geste de Mr Tharp, il courut jeter un coup d'œil par la fenêtre.

— Mais c'est Mr Green, et Mr Archer, et Miss Marlowe ! Pas tous les trois, quand même ?

— Non, dit Emmett Tharp. Probablement pas.

— Mais, mais… bredouilla Coves. Qu'est-ce qu'ils ont fait ?

— Trafic de drogue. Contrebande de narcotiques.

Coves se tassa sur lui-même.

— Comment le savez-vous ?

— Il y a encore quelques détails à éclaircir, je dois le reconnaître, mais nous savons que le syndicat du crime a un représentant sur l'Île aux Oiseaux. Au moins un, mais peut-être plus. (Il désigna Tiger Joe d'un signe de tête.) Personnellement, je parie sur Joe Connolly.

« Nous avons reçu une information du Mexique comme quoi une cargaison était en route. Ils ont l'intention de larguer la marchandise depuis un avion et de la laisser flotter jusqu'ici. Cela fait des mois que nous savons que le gang utilise l'Île aux Oiseaux comme base d'opérations, mais ce sera la première fois qu'ils essayent d'y acheminer une cargaison.

— Quelle preuve avez-vous exactement à l'appui de toutes ces accusations ? demanda Coves d'une voix faible.

— Vous voyez ces gens, là-bas ? L'un d'eux attend qu'une caisse de drogue s'échoue sur le rivage. Et l'un d'eux a posté dans le hall Joe Connolly ici présent, pour qu'il fasse le guet. Malheureusement pour eux, il se trouve que je les avais à l'œil. Bon, toujours est-il que quel que soit celui que je trouverai en possession de la drogue, je le considérerai comme coupable. C'est une simple question de bon sens que la personne qui attend la drogue fera tout ce qu'il faut pour mettre la main dessus.

— Ma parole, murmura Mr Coves. On dirait que Mr Green a vu quelque chose dans l'eau…

CHAPITRE XXII

— Une caisse, dit Celia. C'est drôle, non ? (Elle rit nerveusement.) Je me demande ce que c'est…

Archer rejoignit Milo au bord de l'eau.

— Oh, probablement un simple débris flottant, dit-il nonchalamment.

— Non, dit Celia. On dirait bien une caisse. J'imagine qu'elle est maintenant à toi, Milo, selon les lois sur les trouveurs d'épaves.

Archer se tenait silencieux et raide. La caisse se rapprocha du rivage, lentement ballottée par les vagues.

Archer fit un pas en avant, mais il se maîtrisa et dit :

— Allons, Green, de la façon dont je vois les choses, comme nous sommes là tous les deux, nous avons les mêmes droits sur cette caisse. Elle a peut-être même de la valeur. (Il eut un petit rire embarrassé.) Jouons-la à pile ou face.

— Non, dit Milo avec un grand sourire. Mais merci quand même. Je vais m'en tenir à mon droit de priorité. En tout cas, jusqu'à ce que j'aie vu ce qu'il y a dedans.

La caisse atteignit la limite des vagues. Un dernier rouleau la souleva et elle s'échoua sur le sable. Milo commença à s'en approcher, mais Archer le bouscula et il tomba à plat ventre dans l'écume.

— Désolé, mon vieux, dit Archer. Vraiment désolé.

Milo se releva, tout dégoulinant. Archer tenait la caisse dans les mains. Milo fit un pas vers lui et lui décocha un crochet à la mâchoire. Archer recula en titubant et, sans lâcher la caisse, il plongea une main dans sa poche revolver. Milo bondit et le frappa à nouveau, et Archer tomba à genoux dans le sable. Il avait à présent un petit pistolet dans la main. Milo se rua sur lui et lui asséna un autre coup qui projeta le pistolet quelques mètres plus loin – où Celia s'en empara aussitôt –, et il réussit à récupérer la caisse.

Il recula d'un pas, haletant. Derrière lui, il entendit un bruit de pas venant de l'hôtel.

— Mr Green, dit Emmett Tharp, considérez-vous en état d'arrestation.

— Arrestation ? s'écria Milo. Pour quelle raison ? Et qui êtes-vous, d'abord ?

— Je suis un agent du FBI. Je vous arrête pour trafic de drogue.

— De la drogue ?

— Je l'ai soupçonné dès le départ, intervint Archer.

Milo regarda la caisse à ses pieds.

— Ce n'est pas de la drogue, dit-il. C'est…

— C'est quoi, Mr Green ?

— Je ne sais pas.

— Ouvre-la, proposa Celia. On verra bien.

— De la drogue… murmura Milo. Ah, mon Dieu…

Coves s'avança avec une grosse pierre et commença à marteler la caisse.

— J'ai bien peur que vous ne soyez dans une très grave situation, Mr Green, dit Emmett Tharp. Pourquoi ne pas tout nous dire, pour bénéficier d'une réduction de peine ?

— Mais je n'ai rien fait !

— Vous êtes en possession d'une caisse de drogue. Vous avez attaqué Mr Archer pour l'empêcher de l'examiner. Je l'ai vu de mes propres yeux…

— Une agression délibérée, déclara Archer. Un véritable scandale. Beau travail, capitaine.

Emmett Tharp hocha la tête d'un air satisfait.

— Vous allez devoir venir avec moi, Mr Green.

— Vous êtes fou ! rugit Milo. Juste parce que j'ai ramassé une caisse sur la plage…

— Mais alors, pourquoi étiez-vous ici à cinq heures du matin pour la récupérer ? demanda Emmett Tharp.

On entendit un craquement du côté de la caisse. Tharp se retourna.

— Allez-y doucement, Mr Coves. C'est un élément de preuve.

Coves souleva le couvercle, révélant un certain nombre de petites boîtes en carton détrempées par l'eau de mer. Emmett Tharp en prit une, et le carton se transforma en bouillie grisâtre. Il tenait à la main un jouet, un petit porte-avions en celluloïd rouge. Il jeta un coup d'œil en dessous. « Made in Japan ».

Il le secoua : aucun bruit. Il ouvrit une autre boîte : un porte-avions en celluloïd rouge. Made in Japan.

— Ma parole ! s'écria Coves. Ils ont dû flotter à travers le Pacifique.

— Ha ! ricana Milo. De la drogue…

— Hem, fit Emmett Tharp. Il semblerait que je n'ai pas de motif pour vous arrêter, finalement.

— Si vous voulez bien m'écouter deux secondes, dit Celia avec indignation, je vous dirai exactement pourquoi nous étions ici ce matin.

Une caisse en bois, d'un aspect similaire à la première, s'échoua sur le rivage dans un jaillissement d'écume.

Le groupe la regarda comme s'il s'agissait d'une bombe. Personne ne fit le moindre geste.

Celia dit résolument :

— Hier après-midi, dans la salle commune de l'Académie, je me suis réveillée d'une sieste…

Archer s'écarta, puis il commença à s'éloigner le long de la plage, en accélérant progressivement le pas.

— Ce matin, Milo et moi sommes venus pour voir ce qui se passait au juste…

Archer gravit la pente de la colline et s'approcha de la crête.

— Et puis vous avez arrêté Milo, et maintenant, Mr Archer est parti, et vous avez tout saboté.

Mr Tharp secoua la tête.

— Je ne dirais pas tout à fait ça, ma jeune demoiselle.

— Et si Mr Archer réussit à s'échapper sur le continent ?

— Archer l'Anguille n'a pas la moindre chance de s'échapper.

— Que voulez-vous dire ?

Mr Tharp secoua la tête en souriant.

— Désolé, c'est strictement confidentiel.

— Et Mr Connolly ? demanda Coves. Tout semble indiquer qu'il est tout aussi impliqué dans ce crime.

— C'est vrai, dit Emmett Tharp. C'est très vrai. (Il fronça les sourcils.) Bien sûr, par la nature même de cette affaire, il y a encore moins de preuves incriminantes contre lui que contre Mortimer Archer. Quoi qu'il en soit, Joe Connolly va endurer – je veux dire qu'il va être guidé par son épouse. Et bien que j'hésite à influer sur le fonctionnement de la justice, je suis plutôt enclin, dans le cas présent, à laisser le destin, le châtiment – appelez ça comme vous voudrez – suivre son cours naturel. (Il jeta un coup d'œil à la deuxième caisse.) Et maintenant, Mr Coves, si vous voulez bien me passer cette pierre, nous allons voir de quoi il retourne.

* * *

Mortimer retourna dans sa maison d'un pas nerveux. Il allait faire ses bagages et partir loin d'ici – ça commençait à chauffer un peu trop pour lui. Il avait eu de la chance que les événements tournent de cette façon-là.

— Satanée malchance, marmonna-t-il.

Il mit la clé dans la serrure… et se figea aussitôt : la porte était entrebâillée.

Il poussa doucement le battant pour jeter un coup d'œil à l'intérieur.

Un homme était assis dans son fauteuil, fumant une cigarette. Pour les sens aguerris d'Archer, il flottait autour de cet homme une aura qui ne trompait pas.

— Entrez, Archer, dit l'homme. Entrez donc.

— Que signifie cette intrusion ? s'exclama Archer. Qui diable êtes-vous ?

L'homme glissa la main dans une poche et en sortit un feuillet plié, qu'il tapota du pouce.

— Ceci est un mandat de perquisition.

Il le tendit à Archer, qui l'écarta d'un geste. L'homme lui tendit un autre papier.

— Et ceci est un mandat d'arrêt à votre nom.

— Un mandat d'arrêt ? bredouilla Archer. Pour quel motif ?

— Envoi par la poste de documents à caractère pornographique.

— Vous êtes fou ?

— Non, dit l'homme en se levant. Arrête ta comédie, l'Anguille. Jouer les innocents, c'est complètement idiot.

Archer dit rapidement :

— Si vous êtes suffisamment étroit d'esprit pour considérer des photographies d'art comme des œuvres pornographiques, soit. Mais je voudrais vous faire remarquer que je n'ai jamais utilisé la poste, uniquement des messageries privées.

L'homme sourit.

— Elles sont parties de Monterey par messagerie privée.

— Oui, eh bien ?

— Comment sont-elles arrivées à Monterey ?

— Ma foi… (Archer réfléchit un instant.) Quelquefois, je les ai apportées moi-même, et quelquefois, c'est un ami qui les y a déposées.

— Et qui était cet ami ?

Archer blêmit.

— Heu… ça ne vous regarde pas.

— C'était Al Carper.

Mr Archer ne dit rien.

— Al Carper, dit l'inspecteur en civil, est un employé du Service postal des États-Unis. Vous feriez mieux de rassembler les affaires dont vous allez avoir besoin.

* * *

Milo et Celia marchaient le long de la plage, chacun plongé dans ses pensées.

L'incident qui avait eu lieu un peu plus tôt ne s'était pas terminé sur une note de franche cordialité. Mr Tharp avait été contrarié de découvrir que la deuxième caisse contenait des porte-avions en celluloïd vert. Coves s'était exprimé avec virulence contre ce qu'il appelait les « tactiques d'intimidation » de Mr Tharp.

Ils gravirent la colline et entrèrent main dans la main dans la maison de Milo, toute en pierre, verre et bois de séquoia. Par les grandes baies vitrées, le soleil déversait l'or fondu de sa lumière matinale.

— En parlant de mariage, dit Milo, aujourd'hui est le troisième jour du délai légal, et nous pouvons nous marier. Tout de suite.

— Où irons-nous pour notre lune de miel ?

Milo fronça les sourcils.

— Je n'y ai pas vraiment réfléchi.

Celia alla à la fenêtre. Au sud, les promontoires sombres de Point Lobos, de Carmel et Pebble Beach. Au nord, la côte embrumée de Monterey Bay. À l'ouest, les vastes étendues ineffables du Pacifique, d'un bleu intense et baignées de soleil.

— Nous pourrions rester ici, Milo, proposa Celia. Surtout dans la mesure où nous n'avons pas un sou ni l'un ni l'autre. Quand tu seras devenu un écrivain célèbre, nous partirons faire le tour du monde.

— Ma chérie… dit Milo.

Rexie, qui se trouva passer par là quelques minutes plus tard, jeta nonchalamment un coup d'œil par la fenêtre. Il croisa le regard de Milo par-dessus l'épaule de Celia. Milo lui fit un grand clin d'œil. Rexie le fixa un instant d'un air impénétrable, puis il poursuivit son chemin vers l'hôtel.

À propos de l'auteur

Jack Vance est né en 1916 en Californie, dans une famille aisée qui a connu des revers de fortune alors que Jack était encore enfant. Jeune homme, il est donc obligé d'occuper une série d'emplois ingrats avant de pouvoir suivre des cours à l'université de Californie, à Berkeley : génie minier, physique, journalisme et littérature anglaise. À la fin de ses études, alors que l'Amérique entre en guerre, il s'engage comme simple matelot dans la marine marchande. Plus tard, il travaille comme mécanicien de chantier, arpenteur, céramiste et charpentier avant que sa production de romans et de nouvelles dans les domaines de la science-fiction, de la fantasy et du policier ne lui permette de vivre de son écriture et de s'y consacrer à plein temps.

En plus de soixante ans de carrière, sa production a été prodigieuse et lui a valu de nombreux honneurs : trois prix Hugo, un prix Nebula, un prix World Fantasy pour l'ensemble de son œuvre ainsi qu'un prix Edgar-Allan-Poe décerné par l'Association américaine des auteurs de romans policiers. L'Association des écrivains de SF et de Fantasy lui a décerné le titre de Grand Maître, et il a été admis dans le Science Fiction Hall of Fame en 2001.

Il a su explorer une variété de genres en en repoussant les limites, que ce soit de la fantasy sombre (en particulier le cycle de la Terre mourante, qui a influencé de nombreux auteurs), des space opéras interstellaires, de la fantasy héroïque (la trilogie Lyonesse), ou encore des romans policiers dont le personnage principal est shériff d'un comté rural de Californie (la série Joe Bain). Une histoire vancienne est souvent centrée sur un protagoniste extrêmement compétent plongé dans des situations périlleuses sur une planète où l'aventure est son lot quotidien, ou encore sur une jeune personne qui s'embarque pour une odyssée semée d'embûches dans des régions peuplées d'ennemis redoutables...

Vers la fin de sa carrière, un groupe de fans à travers le monde s'est constitué pour rétablir ses œuvres sous leur forme originelle, en restaurant des textes malmenés ou amputés par des éditeurs surtout préoccupés par le nombre de pages qu'ils pouvaient caser dans un magazine « pulp ». Le résultat a été la Vance Integral Edition, version définitive de l'œuvre vancienne en 44 volumes magnifiquement reliés. Spatterlight publie à présent les textes du projet VIE sous la forme d'ebooks et de livres imprimés à la demande.

Ce livre a été imprimé en utilisant Adobe Arno Pro comme police de caractères principale, avec NeutraFace pour la couverture.

Cet ouvrage a été créé à partir des archives numériques de la Vance Integral Edition, une série de 44 volumes produits sous l'égide de l'auteur par un groupe de ses lecteurs répartis à travers le monde. Le projet VIE exprime sa reconnaissance à l'aide éditoriale que lui a apportée Norma Vance, ainsi qu'à la collaboration du Département des collections spéciales de l'université de Boston, dont la collection consacrée à John Holbrook Vance a été une source importante de matériau textuel.

Remerciements particuliers à R.C. Lacovara, Patrick Dusoulier, Koen Vyverman, Paul Rhoads, Chuck King, Gregory Hansen, Suan Yong et Josh Geller pour leur aide précieuse dans la préparation des versions finales des fichiers sources.

Composition et mise en page : Joel Anderson

Direction artistique et dessin de couverture : Howard Kistler

Correction et quatrième de couverture : Patrick Dusoulier

Direction : John Vance, Koen Vyverman